सफ़र सपनों की

हरेन्द्र कुमार

मेरे माता–पिता को समर्पित जिन्होंने मुझे इस काबिल बनाया।

क्रम-सूची

1. सफ़र सपनों की

2. एक टुकड़ा इश्क़

हरेन्द्र कुमार की अन्य प्रकाशित पुस्तकें

1

सफ़र सपनों की

किस्से और लोरिया जो बचपन में मां से सुने थे वह अभी भी काम आते हैं रातो को सुलाने में। सुनसान सड़कें, काली रातें और घनघोर अंधेरा। न कोई ऐसा जो स्नेह के मीठे दो शब्द कहकर तन्हाई बांट लें। आज का दिन भी वैसे ही बीत गया जैसे पिछले दस वर्षों से बीतता आया है। हर दिन का लगभग एक ही रूटीन। जिंदगी तो बस इन्हीं समय बंधनों में बंध गया है। मां होती तो जिंदगी कुछ और ही होती।

कमरे में सन्नाटे का शोर। दीवार से लिपटी घड़ी की सुई चलने की ध्वनि और ये रात। आराध्या अभी बिस्तर पर लेटी ही थी। पूरे दिन के थकावट के बाबजूद भी नींद इतनी आसानी से नहीं आती। लेकिन बदकिस्मती ने तो जिंदगी में बस संघर्ष ही संघर्ष लिख रखा है। आराध्या, एक उन्नीस वर्ष की लड़की है। लेकिन इस लड़की की जिंदगी आसान नहीं है। जब वह मात्र आठ वर्ष की थी उसकी मां की मृत्यु हो गई। उन्हे एक खतरनाक बीमारी ने अपना शिकार बनाया लेकिन उसके पिता के व्यवहार ने उन्हे मौत के मुंह में डाल दिया। शराब की लत ने उनके बीच के प्रेम को नष्ट कर दिया। आराध्या के पिता को उसके मां के स्वास्थ्य के बजाय शराब की फिक्र ज्यादा रहती थी। शराब एक ऐसा जहर है जो इंसान के इंसानियत को मारकर उसे हैवान बना देता है। फिर चाहे कोई मरे या तड़पे उसे कोई फिक्र नहीं होती, सिवाय शराब पीने के। आराध्या के पिता का भी वही हाल था। शराब पीने के लिए उन्होंने काम छोड़

दिया। नशे के आनंद मे आराध्या की मां की वेदना सुनाई नहीं पड़ती उन्हें। वह सारा दिन दर्द से कराहती रहती और उसके पिता शराब के नशे में धुत रहते।

फिर एक वक्त ऐसा आया जब उन्हे दो विकल्पों में से किसी एक को चुनना था। शराब या दवाई। शराब उन्हे कुछ देर के लिए नशे का आनंद देता और दवाई उनकी पत्नी को थोड़ी सी और सांसे। इंसान स्वार्थी होता है पर इतना! उन्हे अपने लिए शराब की बोतल अपने पत्नी के सांसों से ज्यादा महत्वपूर्ण लगा। और फिर दवाई के बजाय उन्होंने शराब खरीदा। इधर उनके मस्तिष्क में नशे का असर प्रभाव डालने लगा और उधर उनकी पत्नी की सांसे थमने लगी। एक नशे में धुत आनंद की नींद सोया तो दूसरा मौत की। फर्क बस इतना था कि एक की नींद अल्प अवधि की थी तो दूसरी की अनन्त काल की।

कैसे चढ़े कोई लंबी ऊंचाई जब पैरों गहरे छाले हों। सफ़लता की राहों में होते ही हैं कांटे, और इन्हें आपके पैरों के नीचे सजाने वाले, अपने वाले हों।

बिस्तर पर लेटते ही आराध्या के दिमाग में यही कुछ शब्द गूंजें। मात्र इन्हीं कुछ शब्दों में उसकी अब तक की कहानी कैद थी। वैसे तो उसकी जिंदगी के किताब का सारा पन्ना या तो धुंधला था या बिल्कुल खाली।

अरमानों की दुनियां में मेरी कोई आरजू नहीं। सपने कैसे बुनू पलकों पर, जब पूरा होने की इनकी किस्मत नहीं। उसने मोबाइल स्क्रीन को देखते हुए अपने आप से पूछा। तस्वीर में उसकी मां की मुस्कुराती हुई छवि कैद थी लेकिन उसकी मुस्कुराहट में उसे वो दर्द सुनाई पड़ता जब अंतिम सांसे लेते हुए वो तड़प रही थी। खून की उल्टियां रुक नहीं रही थी। तूफान थम नहीं रहा था। हवाओं के वेग की ही तरह उसके पिता के जिस्म में नाश बढ़ता ही जा रहा था। वो बेचैन थी। पहले किसे जगाती? मौत से लड़ती मां को या नशे में झूमते पिता को?

लेकिन उम्मीद टूटते ही यह उसके मां को उससे छीन ले गया। पिता पत्थर हो गए। जिन्हें अपनी पत्नी की फिक्र नहीं हुई उन्हें बेटी से क्या रिश्ता! आराध्या ने पहले मां को खोया। फिर पिता। फिर जिंदगी। मां के मौत के साथ ही उसका स्कूल जाना बंद हो गया। IAS बनने का सपना

लेकर जन्म लेने वाली लड़की एक साथ जिंदगी के सभी बाजी हार गई।

अगले कुछ मिनटों तक लगातार मोबाइल स्क्रीन में अपने मां की फोटो देखती रही। महसूस करती रही स्नेह से लिपटे उनके स्पर्श को अपने सिर पर। भर आई आंखों में कैद संदर चक्रवात का रूप ले लेता अगर कुछ देर और तस्वीर को देखते रह जाती। उसने यूट्यूब ओपन की। IAS टॉपर रेखा शर्मा का एस्पिरेंट्स के लिया दिया गया इंटरव्यू स्क्रीन पर सबसे पहले दिखाई दिया। वह उस वीडियो को देखने लगी।

कुछ देर के लिए टॉपर रेखा शर्मा में उसे अपने आप की ही छवि दिखाई पड़ी। महसूस कर सकती थी कल्पना में छुपे कभी न सत्य होने वाली वास्तविकता को, लेकिन फिर भी स्वयं को, कल्पनाओं में ही सही, टॉपर मान मुस्कुराने लगी।

कमरे का दरवाजा लगभग आधा खुला था। शराब के नशे में धुत पिता दीवार के पीछे छिप उसकी हरकतों पर नज़र गड़ाए थे। जब थोड़ा सा मुस्कान आराध्या के होंठों पर आ ठहरा, उन्होंने दरवाजे को जोरदार लात मारा। शोर सुनकर वह लगभग डर ही गई थी। मोबाइल भी नीचे गिर पड़ा था। भयपूर्ण चीख आराध्या के पिता के दिल को गुदगुदाया और वह बड़बड़ाया।

"सारा दिन मोबाइल से चिपकी रहती है।" इस पर उन्हें आराध्या के द्वारा विरोधपूर्ण उत्तर का इंतजार था लेकिन वह निशब्द खड़ी रही।

वह उनके बारे में अच्छे से जानती थी। अगले कुछ मिनटों में क्या होने वाला था, उसे पता था। क्योंकि आज इसकी शुरुआत नहीं बल्कि यह पिछले कई सालों से होता आया है। उसके पिता बिस्तर के नजदीक गए।

आराध्या मोबाइल उठा तकिए के नीचे डाल दी थी और चेहरा विपरीत करके आंखें बंद करने का प्रयास की। सोची कि उसके इस व्यवहार पर उसके पिता का ये बेवजह का गुस्सा शांत हो जायेगा। लड़ने आए उसके पिता वापस लौट जाएंगे। लेकिन ऐसा नहीं था।

वह उसके पास गए। आराध्या के बालों को दबोचते हुए चिल्लाए, 'तुमने कुछ बोला क्यों नहीं?'

उसके पिता को लड़ाई शुरू करने और आराध्या को रुलाने का बहाना चाहिए था। अपने पिता के पूछे प्रश्न के उत्तर में ख़ामोशी बेटी की नज़र में पिता के लिए इज़्ज़त और पिता से भय समाप्त हो जाने का सूचक था। ऐसे में यह बर्दाश्त से बाहर था।

उनकी पकड़ मजबूत थी। दर्द सहन नहीं कर पा रही थी। दर्द की वजह से आए आसुओं ने उस शराबी के हृदय को गुदगुदा दिया था लेकिन इतने में उन्हें सुकून नहीं मिलती। उसके बाल पकड़ खींचा। आराध्या उठी। ऐसा लग रहा था कि वह उसके सारे केश नोंच डालेगा।

"अब तुझे तेरे बाप से प्यारा ये मोबाइल हो गया है। कुछ पूछा तुझे तो मुंह फेर सोने का नाटक करने लगी।" बोलते हुए उसने आराध्या को दरवाजे की ओर पूरी ताकत लगा धक्का दिया।

वह उसके वेग को झेल नहीं पाई थी। और सीधे दरवाजे से जा टकराई। उसका सिर फूट गया था। जख्म गहरा तो नहीं हुआ लेकिन रक्तस्राव होने लगा था। इस जोरदार दर्द की वजह से वह अर्धमुर्छा अवस्था में चली गई थी। सिर पर हाथ रखे बहते रक्त को नियंत्रित करे थी। अगले कुछ क्षणों बाद जब आंखों के सामने का धुंधला तस्वीर साफ़ हुआ तो देखी कि उसके पिता उसकी मोबाइल लिए खड़ा है।

यह मोबाइल उसने पिछले सप्ताह ही खरीदा था। वैसे तो हर दिन की कमाई के पैसे पिता जबरन छीन लेता। इस मोबाइल को खरीदने के लिए उसके नजरों से बचा पैसे इकट्ठा करी थी। अब यही उसका एक मात्र दोस्त था।

बाजार जाते समय वह अक्सर गांव के लड़कों को टिक टॉक के लिए विडियो बनाते और टिक टॉक देख मजे लेते देखती।

"तो अब तू इस मोबाइल के सामने नाचेगी। इंटरनेट पर वीडियो डाल मेरी इज्जत नीलाम करेगी। तेरी जैसे बेटी होने से अच्छा तो था कि मेरी कोई औलाद ही न होता।"

सबके नजरों से छिप कर उसने भी एक वीडियो बना टिक टॉक पर अपलोड करी थी। आज दोपहर में ही। अब तक बस तीन-चार लाइक ही तो आए थे। इतने में ही उसने एक नया ख्वाब देख लिया। इस नर्क जिंदगी से फिल्मी सितारा बनने तक का सफर नजरों के सामने था।

इस छोटी सी कामयाबी पर वह बहुत खुश हुई थी। सेल्फ मोटिवेट हो हर दिन एक वीडियो बना अपलोड करना तय किया था। लेकिन उसके पिता को यह बर्दाश्त कैसे होता।

चोट लगने की वजह से उसे चक्कर आने लगा था। सामने का दृश्य बिलकुल धुंधला होता जा रहा था। शराबी उसके पूरी तरह से होश में आने का इंतजार कर रहा था। जैसे ही उसे पूरी तरह से होश आया शराबी ने मोबाइल को जमीन पर दे मारा। मोबाइल के साथ-साथ आराध्या का ये सपना भी तोड़ डाला। उसमें उसकी मां की तस्वीर थी। जिसे देख वह खुद को उनके आंचल से लिपटी पाती थी। तस्वीर तो शराबी ने पहले ही जला डाला था। अब मोबाइल भी तोड़ डाला।

अब मां को देख सकने का कोई साधन शेष न रहा। शराबी को अब भी चैन न था। उसने कमर से बेल्ट उतारा। और बेरहम, बिना रुके आराध्या की पीठ पर बेल्ट बरसाता रहा। उसके चमड़े नोच डाले। दर्द से वह चीखती रही। बेदर्द मारता रहा। वह रुकता नहीं अगर बेल्ट टूट न गया होता।

वह वापस टूटे मोबाइल के पास गया। टूटे मोबाइल को पैरों से मार मारकर मारता रहा ताकि इसे ठीक करने का जरा सा भी चांस न रहे।

आराध्या को बुरी तरह से पीटने और उसका मोबाइल तोड़ देने के बाद वह कमरे के बाहर जाने लगा।

"सारी रात जागती मत रहना। एक काम की नहीं हो। अगर सुबह जल्दी खाना नहीं बनाई ना कल तेरी हड्डियां तोड़ दूंगा।" बड़बड़ाते हुए बाहर चला गया।

आराध्या के पिता सारा दिन शराब के नशे में धुत रहते। अपना बहुत सारा खेत था। आराध्या अकेले ही उन खेतों में सब्जी उगाती। सुबह सूर्योदय से तीन घंटे पहले जागकर खेतों में जा सब्जी तोड़ती और बाजार जा इसे मंडी में बेचती। घर आते ही उसका बाप उससे सारे पैसे छीन लेता। न जाने वो उन पैसों का क्या करता था।

कई दिन जब घर पर अनाज तक नहीं होता। आराध्या के पास पैसे भी नहीं होते। सारा दिन उसे भूखा रहना पड़ता। कई रातें ऐसे ही काटी उसने। आज भी वही स्थिति था।

घर में आटा बिलकुल नहीं था। था तो बस थोड़ी सी सब्जी जो सुबह खेतों से तोड़ लाई थी। लेकिन इसे बनाने के लिए न घर में तेल था, न नमक और मसालें। आज भी बाजार से आते ही उससे सारे पैसे छीन लिया गया था।

खाली पेट भूख तड़पा रहा था। बेरहम पिता के द्वारा दिए दर्द रुला रहा था। कपड़े बेल्ट के प्रहार से फट गए थे। रक्त की तरह लाल हुआ पीठ पर इतने जख्म किसी से भी देखा न जा सकता था लेकिन इन जख्मों पर मरहम लगाने को उसके पास कोई नहीं था।

वह पिता से स्नेह करती थी। एक दिन बदल जायेंगे वह ऐसा विश्वास ले हर दिन अत्याचार सहन करती। सोचती कि मेरे पिता का मेरे अलावा और कौन है? अगर मैं भी इन्हें छोड़ दूर चली जाऊं तो फिर इनका क्या होगा? इन्हें भोजन कौन देगा? इनकी सेवा कौन करेगा? शराब की नशे में इन्हें होश नहीं रहती। अगर इन्हें कुछ हो गया तो? अगर गिर पड़े और घायल हो गए। उस वक्त इन्हे देखने वाला कोई न होगा। तब शायद इनकी मृत्यु भी हो सकती है।

उसे अपने अत्याचारी पिता की परवाह थी। इतना कष्ट देने के बाद भी वह उसकी मंगल कामना ही करती। लेकिन आज अत्याचार अपनी हद पार कर चुका था।

"जो इंसान मुझे अपनी पुत्री नहीं समझता मैं उसकी परवाह क्यों करूं? सोचा था कि प्यार प्रभावशाली होता है, इसमें तो पत्थर को भी पिघला देने का सामर्थ्य होता है, मेरे पिता को एक दिन यह प्यार समझ आएगा। उस दिन ये सुधर जाएंगे। उसके बाद मेरी भी होंठों पर हंसी होंगी। लेकिन नहीं..!!! प्यार.. जिसे मैं ढूंढ रही हूं, शायद आउट ऑफ स्टॉक हो गया है।प्यार... एक धोखा है, भ्रम है, झूठ है। इसमें किसी को बदलने की शक्ति बिलकुल भी नहीं है। अगर होता तो आज मेरा पिता बेरहम न होता।

नहीं अब मैं इनकी परवाह नहीं करूंगी। कल सुबह मै इन्हें छोड़ बहुत दूर चली जाऊंगी। स्नेह... प्यार.. अब मुझे कुछ नहीं चाहिए..."

अपने पिता के इस व्यवहार के बाद आराध्या ने निर्णय कर लिया था। अब वह इस अत्याचार को नहीं झेल सकती थी। अभी उसकी स्थिति

ऐसी थी कि स्वयं खड़ी भी नहीं हो सकती थी। ऐसे में कोई उसका सहारा न था। जिस प्यार पर विश्वास कर वह अपने पिता को बदलने की उम्मीद करती रही थी, वह छलावा था। बेमतलब का था। अब न उसे ईश्वर पर ही भरोसा था। न इस प्यार पर। उसने फैसला कर लिया। कल सूर्योदय से पहले ही वह घर छोड़ इस बेरहम से दूर चली जायेगी।

जमीन पर हाथों के बल रेंगते हुए टूटे मोबाइल के पास गई। चूर हो चुके मोबाइल स्क्रीन में अब भी वो अपनी मां के उस तस्वीर को देख सकती थी। मोबाइल उठा वह रोते ही जा रही थी।

उसके जिंदगी का हर दिन बेरहम और रातें काली थी। आज शायद आखिरी थी। इतना दर्द उसे सोने कैसे देता? कुछ घंटों के बाद जब दर्द कुछ कम हुआ उसने थैले में अपना सामान बांध लिया। पैसे चुरा लिए। आखिरी बार वह अपने पिता को देखने गई थी। वह चैन की नींद सो रहा था। उसे न खुद की खबर थी न दुनियां की। शराब का नशा उसे परम आनंद की अनुभूति दे रहा था। ऐसे अगर कोई उसके कान के बगल से तोप भी छोड़ देता तो शोर सुन उसकी आंखें खुलने वाली नहीं थी।

आराध्या ने समय देखना उचित नहीं समझा। इतनी निर्दयता के बाद भी उसने आखिरी बार पिता के चरण स्पर्श करी। जानती थी कि आशीर्वाद मिलना उसका सौभाग्य नहीं है। फिर भी वह उसे पिता मानती थी।

उसने बैग उठाया। उसमें वो टूटा हुआ मोबाइल रख दिया। आंसू पोंछी और दहलीज पार कर खुद को आजाद कर दी।

रात काली थी। हर ओर बस अंधेरा ही अंधेरा था। मार्ग बताने वाला कोई नहीं था। उसे उसकी मंजिल तक पहुंचाने वाला कोई नहीं था।

वह बढ़ती गई। रास्ते खुद बनाते गई। पत्थर से पैर टकराते। लेकिन यह चोट नहीं खुशी देती। आजादी की।

जब वह स्टेशन पर पहुंची तो सुबह के ढाई बज रहे थे। हर ओर सन्नाटा था। वह यहां अकेली बैठी किसी भी गाड़ी के आ जाने का इंतजार कर रही थी। उसने अभी तक निर्णय नहीं लिया था कि अब उसे कहां जाना है।

ठंड अभी पूरी तरह से समाप्त नहीं हुआ था। हवाएं तेज थी। कोहरा हर ओर था। अचानक से ट्रेन की सीटी सन्नाटे को भेद गई। गाड़ी कितना दूर था पता नहीं। लेकिन आराध्या उठ खड़ी हुई। वह बिलकुल तैयार थी। गाड़ी किस दिशा से आनी वाली है नहीं जानती थी। लेकिन यह एक नई जिंदगी का एहसास था।

कुछ देर पहले मिले जख्म ठीक तो नहीं हुए थे लेकिन अब उसे इस दर्द की परवाह नहीं था। अब सपने देखने की आजादी, उन्हें पूरा करने का जुनून था। उसकी आंखों में विश्वास की चमक थी। जो अंधेरे को चीर अपनी किस्मत लिखने को तैयार थी।

गाड़ी आ खड़ी हुई। यह एक मालगाड़ी था। अनाज की बोरियों से भरी गाड़ी मुंबई जाने वाली थी। लेकिन आराध्या नहीं जानती थी। गाड़ी रुकते ही वह उस पर चढ़ गई।

अब नई जिंदगी की शुरुआत का काउंटडाउन शुरू हो गया था। ठंडी हवाएं उसके बालों के साथ खेलने लगी थी। गाड़ी खुली। आराध्या ने गहरी सांस ली। अतीत के हर एक पन्ने को इसी स्टेशन पर छोड़ मुस्कुराई। आजाद हवा में पंख फैलाई। अब सारा आसमान उसका था। उसे ऊंची उड़ान भरना था।

इस नए सफर में आने वाली हर एक वस्तु को वह देख मुस्कुराते जा रही थी। रास्ते में आने वाली नदियां, खेत, बगीचे, शहर की चकाचौंध रौशनी जो दूर से बहुत ही आकर्षक लगी, जिनमे जीना उसके कई ख्वाबों में एक था। इस सफर को जीते जीते न जाने कब उसकी आंख लग गई।

रात समाप्त हुआ। आज का सूर्योदय उसके लिए खास था। लोगों की शोर सुन वह जागी। कई मजदूर जो अनाज की बोरियों को उतार गोदाम में पहुंचाते थे, उसे जगाने का प्रयास कर रहे थे। जब वह जागी रौशनी से आंखे चकाचौंध हो गई। दोनों हाथों से आंखे ढक ली। फिर धीरे धीरे रौशनी को आंखों पर पड़ने दी।

जैसे सैकड़ों वर्षों तक अंधकार में रहने के बाद आज वह रौशनी में आई है। रौशनी उसे आत्मविश्वास से भर रहा था। चेहरे पर अजब ही तरह के भाव थे। दुनियां जीतने के सफर में यह उसका पहला कदम था।

जब उसने पूरी आंखे खोली तो देखी सामने चार मजदूर खड़े है। उसे आश्चर्य भरी नजरों से देख रहें हैं।

इससे पहले कि वे कुछ बोलते वह खड़ी हुई। आभार प्रकट करते हुए ट्रेन से उतर गई। यह मुंबई का एक स्टेशन था। वह छत्रपति शिवाजी टर्मिनल पर थी। लेकिन सबकुछ अजीब था। कभी न रुकने वाला ये शहर, आज यहां कोई नहीं था। पूरा स्टेशन खाली था। जैसे लोग इस शहर को छोड़ कहीं चले गए हों।

स्टेशन पर बस कुछ गिने चुने लोग थे। कुछ कर्मचारी और कोई नहीं। उसे भूख लगी थी लेकिन यहां एक भी स्टॉल लगाया नहीं गया था।

उसने घड़ी की ओर नजर दौड़ाई। सुबह के साढ़े छः बज रहे थे। क्या ये शहर अभी तक सो रहा है? वह अपने आप से बोली और अपने ही तर्क पर हंस पड़ी।

वह नल के पास गई। चेहरा अच्छी तरह से धोई। फिर स्टेशन के बाहर निकली।

सड़कें सुनसान थी। बाजार बंद पड़ा। न कोई लोग थे सफर करने वाले। न यात्री थे जो दूसरे शहरों से आए थे।

वह चल पड़ी आगे के सफर पर। भूख के मारे उससे चला नही जा रहा था। शरीर दर्द से टूट रहा था। जख्म गहरे दिए थे उसके पिता ने। सड़क पर आते आते वह बेहोश हो गिर पड़ी।

जब उसे होश आया। तब उसके चारो ओर पांच पुलिसवाले खड़े थे। अजीब पोशाक पहने। शरीर का पूरा हिस्सा ढाका हुआ था सभी का। उन्होंने डबल मास्क पहन रखा था। सभी उसे ऐसे देख रहे दी जैसे कि आराध्या को कोई खतरनाक बीमारी हो गया हो। जो स्पर्श करने या लोगों के संपर्क में आने से फैलता हो। लोग उससे दूर ही खड़े थे। कोई हिम्मत नहीं कर पा रहा था उसके नजदीक जाने की।

एक पुलिस अधिकारी ने उससे पूछा कि आप इस समय यहां क्या कर रही हो?

"क्यों क्या हुआ? और आपलोगों ने ऐसा अजीब सा हुलिया क्यों बना रखा है। यह मुंबई शहर है, सपनों का शहर, लेकिन सपनों को पूरा करने के रेस में भागते लोग दिखाई क्यों नहीं दे रहे?"

आराध्या का प्रश्न अजीब था। ऐसा मानों कि वह मजाक कर रही हो। पूरे देश को बंद कर दिया गया था। 22मार्च को रात 12 बजे से लॉकडाउन लगाया गया था। कोरोना महामारी से सुरक्षा के लिए हमारे प्रधानमंत्री जी ने कड़ा फैसला लिया था। और ये लड़की पुलिस वालों से मुंबई का हाल ऐसे पूछ रही थी जैसे कि कुछ जानती ही नहीं। सत्य सुन वह चौंक गई।

यह उसके लिए ऐसा था मानों क्या बताऊं? घर से भाग वह आज यहां नई जिंदगी जीने आई थी लेकिन स्थिति ऐसी थी कि लोगों की घरों में कैद रहने कहा गया था।

आराध्या चौंक पड़ी। आज 25 मार्च है? उसने आश्चर्य से पूछा।

हां।

उसे अच्छी तरह से याद है। वह 22 मार्च की रात को गाड़ी पर चढ़ी थी। और आज 25 मार्च..! इतने समय के बाद उसकी नींद खुली थी।

सड़क पर बेहोश पड़ा देख पुलिस वाले उसे कोरोना के मरीज समझ रहे थे। जिसकी हालत गंभीर थी। उसके लिए एंबुलेंस बुला लिया गया था। जांच के लिए जितनी जल्दी हो सके उसे अस्पताल भेज देना था। लोगों को भय था कि यह किसी और के संपर्क में न आई हो। जो लोग इसके संपर्क में आए है, उनकी भी जांच करनी होगी।

यह सबकुछ जैसे एक बुरा सपना सा था। उसे लग रहा था कि वह अब भी नींद में ही है। प्रयास करगी तो जग जायेगी। भला ऐसा संभव है कि पूरे 21 दिन के लिए पूरे देश में लॉकडाउन लगाया जाए। फिर देश का क्या होगा। इसके अर्थव्यवस्था का क्या होगा? अभी भारत जो विकासशील देश से विकसित होने के रास्ते में था, अचानक से सब कुछ तबाह हो जायेगा। देश को कितना नुकसान होगा।

आराध्या कैसे यकीन करती..! जिस दुनियां से वह आई थी वह बिलकुल अलग था। यह बिलकुल अलग है। एंबुलेंस में बैठी वह वास्तविकता को झुठलाने का प्रयास करती रही।

इस दिवाली के त्योहार हर घर में खुशियां तो आई थी लेकिन एक घर ऐसा भी था जहां न ही दीए जलाए गए थे और न ही यहां खुशियां ही आई थी। क्योंकि शराब बस एक मात्र पेय पदार्थ नहीं है, यह आराध्या के जीवन में उस ग्रहण की तरह है जो शायद कभी समाप्त होने को न था। अंधेरे से जूझता एक छोटा सा दीया घर को कितना रौशन करता।

भूख से बेहाल आराध्या की ख्वाइश यहां कौन पूरी करने आएगा। पिता से उम्मीद थी कि इस त्यौहार पर देर से ही सही वह कुछ दीए जरूर ले आयेंगे। थोड़ी मिठाई ही काफी होगी इन चमकीले आखों में आंसू के जगह खुशी भरने के लिए। इसी उम्मीद में वह मुख्य द्वार के पास बैठी रास्तों पर नजर डालें झूठा ही सही पर खुद को दिलासे दिलाती रही।

अंधेरे का कब्जा गांव की घरों में जलते सैकड़ों दीए ने खारिज कर दिया और जब इसे कहीं और स्थान न मिला तब यह आराध्या के जीवन में चला आया। इस अंधेरे में उम्मीद की लौ कितनी देर तक रहती! पटाखों का शोर और गली में झूमते बच्चे। मां की गोद में बैठा वो बालक जिसे पटाखों से भय लग रहा था। और उसकी मां उसे हौसला और हिम्मत दिला रही थी।

कल्पनाओं ने इस दृश्य के किरदार बदल दिए थे। आराध्या खुद को मां की आंचल से लिपटी महसूस कर रही थी, ललाट पर उनके स्नेह का स्पर्श और धीरे धीरे उसकी पलकें बंद हो गई। भ्रम में ही सही, झूठा ही तो था यह, लेकिन मां के स्नेह में लिपटी बड़ी सकुन से वह सोती रही। इस दुनिया से दूर जहां कष्ट उत्पन्न करने वाले कारक नहीं थे। इच्छाएं, लालच, मोह और ईर्ष्या। वह तो अपनी मां के गोद में सिर रख गहरी नींद सो रही थी। सकुन और शांति। हर दर्द को जैसे चुन लिया गया हो। पीड़ा जैसे अपना व्यवहार भूल गया हो। क्योंकि मां के स्नेह के स्पर्श से बेहतर दवा शायद ही कहीं हो। फिर भूख की परवाह किसे थी? शरीर का हर एक अंग जैसे तृप्त हो गया हो।

मां, इंसान का अनमोल खजाना। जिसे किस्मत ने आराध्या से छीन लिया था। जिसका स्नेह बस उसकी कल्पनाओं तक ही सीमित था। बंद पलकों के भीतर बने बस इस संसार में ही जिसे स्वप्न के नाम से जाना जाता है। एक क्षण बाद टूटना जिसकी किस्मत है। हुआ भी ऐसा ही।

अचानक से उसकी आंख खुली। ठंड रात को शीतलता से भर रहा था। लगभग सभी दीए बुझ चुके थे। एक दो थे जो अब भी अंधेरी रात से संघर्ष करते दिखे। लेकिन हारकर बुझ जाना ही इस कहानी का अंत था। लोग गहरी नींद सो गए अपने अपने घरों में। दिवाली का त्यौहार लगभग समाप्त हो गया था। लेकिन अभी तक न आराध्या के पिता ही घर आए थे और न ही इस घर में दीया ही जलाया गया था।

घर के भीतर झांक कर देखी। दीवार से लिपटा घड़ी ढलते वक्त की सूचक थी। आधी रात समाप्त होने को था। रात्रि के एक बज रहे थे। तेज ठंडी हवाएं कंपाने वाली थी। आराध्या घबरा गई। इतनी रात हो गई पिता जी अभी घर क्यों नहीं आए। शराब के नशे में कहीं उन्हें ठोकर तो नहीं लगा। ठोकर की वजह से कहीं गिर तो नहीं पड़े। चोट तो नहीं आई। यह विचार उसे बेचैन कर गया। वह उठी और भीतर गई। टॉर्च भी इंकार कर रहा था इस बदनसीब की मदद करने से। कभी जलता तो कभी बुझता।

वह खाली पैर ही भागी। गांव के हर एक गली और हर एक स्थान पर उन्हें ढूंढती फिरी। वो कहीं नहीं दिखे। खेतों में भी जाना बेकार हुआ। उनका न मिलना बेचैनी बढ़ाने लगी। दो घंटे से ज्यादा समय बीत गया। जब वो कहीं नहीं मिले वह निराश हो गई। पिता के स्वास्थ्य का चिंता बेचैनी की अग्नि बढ़ाता ही जाता। पैर लड़खड़ा रहे थे। घर की ओर बढ़ते हुए जैसे वह निर्बल हो गई थी। बेजान। जैसे किसी ने उसके जिस्म से रक्त का हर एक कतरा निकाल लिया हो।

जब वह घर पहुंचीं। थकान के वजह से गिर पड़ी। दुबारा उठ सकने की हिम्मत नहीं जुटा पा रही थी। लेकिन संघर्ष का परिणाम जीत हो, इसका संभावना थोड़ा ज्यादा होता है। वह उठी। भीतर गई। तभी उसकी नजर उस कमरे के दरवाजे पर पड़ी जिसमें उसके पिता सोया करते थे। उनके एक पैर का चप्पल यहां पर था। यह देख उसके जान में थोड़ा जान आया। लेकिन वह भय अभी समाप्त नहीं हुआ था। एक पैर का चप्पल मिलना समस्या समाप्त हो जाने का कारण नहीं बन सकता था। वह आगे बढ़ी। कमरे में गई। सिर्फ अंधेरा ही अंधेरा। जब टॉर्च जलाई तब टूटी फूटी रौशनी कमरे में फैली। कुछ चीजें स्पष्ट हुई और कुछ होती इससे पहले ही टॉर्च बुझ गई। अच्छी बात यह थी कि उसके पिता बिस्तर पर

नशे में धुत मुंह के बल सोए दिखे। भय का पारा गिरा पर अभी यह शून्य नहीं हुआ था। क्योंकि उनमें कोई हलचल दिखाई नहीं पड़ रही थी। कहीं दिवाली की यह रात आराध्या से पिता का साया तो छीन नहीं ले जाएगा? घबराहट बड़ी। बेचैनी चरम पर थी। हृदय का रफ्तार भी असामान्य था। आंसुओं पर नियंत्रण बिल्कुल नहीं था। पैर पत्थर से भारी होने लगे थे। क्षण भर पहले आया एक विचार आराध्या को इतना दुर्बल कर गया।

शराब की लत ने उन्हें क्रूर बनाया। लेकिन प्यार की भावना हर भौतिक वस्तुओं को वश में करने की ताकत रखता है। यह इन्हें भी अवश्य जीत लेगा। लेकिन यह उम्मीद टूटी फूटी नजर आने लगी थी। काली रात, घना अंधेरा, सर्द हवाएं और सिर्फ भय। एक इंसान खुद को कितना हौसला बंधाता!

ईश्वर यह झूठ हो जिसके विचार मात्र से मैं दुर्बल होने लगी हूं। कामना करते हुए वह आगे बढ़ी। उसके इस परिस्थिति पर मजाक बनाता टॉर्च बुझ जल कर पता नहीं क्या साबित करना चाहता था। जब वह पिता के नजदीक पहुंची और उसके चेहरे पर हाथ रखी वह तुरंत जाग गए। उठ बैठे। जैसे कि उन्हें इसी का इंतजार था।

आसूओं से भींगी आराध्या की आंखे इस खुशी से चमक उठे कि पिता जी बिल्कुल ठीक हैं। थोड़ी मुस्कान भी उभर आई थी होंठों पर। लेकिन इतना तड़पना उसके लिए पर्याप्त नहीं था।

उसके पिता ने झूठे गुस्से का नकाब पहन लिया। वह चिल्लाने लगा कि आराध्या ने उसका शराब कहीं छिपा दिया। फिर जेबों को टटोला और पैसे चोरी करने का आरोप उसके सिर मड़ दिया।

"नहीं पिता जी। मैंने आपके पैसे नहीं लिए। मैं तो अभी यहां आई हूं।" मासूमियत, इस मासूमियत पर तो पत्थर भी पिघल जाता लेकिन इस इंसान का अभिमान नहीं पिघला।

न उसके शराब के बोतल को छिपाया गया था और न ही पैसे चोरी हुए थे। यह सब बस एक नाटक था आराध्या को रुलाने का। आराध्या का हर याचिका खारिज कर दिया गया। निर्णय बस यही सुनाया गया कि वह चोर है। आज त्यौहार पर उससे अपने पिता की खुशी देखी बर्दाश्त नहीं हो रही।

"मुझे मेरे पैसे वापस दो।" शराबी चिखा।

झूठा आरोप। वह सत्य जानता था। दिल ही दिल में आराध्या के आंसुओं को देख खुश हो रहा था। और जब आराध्या ने कुछ किया ही नहीं था तब वह पैसे कहां से देती? आज दिवाली के त्यौहार पर वह सारा दिन भूखी रही। शाम को पिता दीए और मिठाई लायेंगे। यह दिलासे दिला मुस्कुराने का प्रयास कर रही थी। लेकिन दिवाली के उपहार के रूप में उसे मिला चोरी का आरोप। और बिना गुनाह का सजा।

उसे इस ठंडी रात में ठंडी पानी में बैठा दिया बेरहम ने। बोला कि अब तू चोर हो गई है। तुझे सबक सिखाना ही होगा। ऐसा दंड दूंगा कि दोबारा चोरी करने के ख्याल तक से डरेगी।

सर्द हवाएं, काली रात, ठंडी पानी में बैठी आराध्या कांपती रही और शराबी कंबल की गर्माहट में नींद में मग्न रहा। रात जैसे लंबी ही होती जाती। मौसम जैसे ठंडी ही होती जाती। जो आराध्या के जिस्म को जकड़ने लगा था। रक्त भी ठंड से जमने लगा था। ऐसे में अगर कोई कुछ उसका सहारा था तो वह था उसके मृत मां की कल्पना। जिसकी आंचल की गर्माहट इस भीषण ठंड से लड़ रही थी। जिसके स्नेह के स्पर्श हिम्मत दे रहा था। जिनकी यादें उसे मजबूत किए हुए था। जो किस्मत संग हो रहे जंग में जीत की ओर ले जा रहा था उसे।

अचानक से आराध्या का आंख खुला। स्थान और परिस्थिति वैसी बिल्कुल भी नहीं थी जैसे वह देख रही थी और महसूस कर रही थी। वह एक अस्पताल में क्यूरेंटाइन की गई थी। यह सब उसके अतीत का बस एक छोटा सा हिस्सा था और कुछ नहीं। अब वह उस नर्क से दूर अपने सपनों की सफ़र पर निकली थी। उम्मीद और हिम्मत दुनियां जीतने की। लेकिन यह सफर आसान बिल्कुल भी नहीं था।

डॉक्टर्स ने चेकअप किया। रिपोर्ट निगेटिव आया था लेकिन फिर भी उसे 14 दिन तक चार दीवारों के भीतर खुद को कैद रखना था। उसके ज़ख्म पीड़ा देते लेकिन उतना नहीं जितना शराबी पिता देता था।

हर दिन हालत बिगड़ रहे थे। कोरोना श्राप बन कर आया था हर किसी के जीवन में। आराध्या के लिए कुछ ऐसा था कि वह एक जेल से निकल दूसरे कारागार में कैद कर दी गई है। फर्क बस इतना था कि यहां अपना

कहने को कोई नहीं था। जिस पिता के स्नेह की रोज सपने देखा करती अब न ही वो सपना था और न ही वो पिता। छोड़ आई थी उस संसार को उसी के हाल पर। पर दिल बेरहम अक्सर इसी सवाल पर अड़ जाता कि वे कैसे होंगे?

खाली शहर, सुनसान सड़कें और हर ओर भय ही भय। एक महामारी और लोग घरों के भीतर कैद थे। आराध्या अस्पताल में थी। न कोई दोस्त न कोई और जिससे बातें कर दिल बहला ले। पहाड़ से कटते वक्त। तभी उसे किसी के आने की आहट सुनाई पड़ी। एक डॉक्टर और एक नर्स दोनों साथ में ही आए। आराध्या उठने का प्रयास करने लगी। लेकिन गहरे जख्म पीड़ा देने लगे थे।

"अरे लेटी रहो अभी..!" डॉक्टर ने जवाब दिया। आराध्या अब भी हालात को ठीक से समझ नहीं पा रही थी। इतनी दूरी क्यों? इतनी सतर्कता। इतनी सावधानियाँ क्यों बरती जा रही है? वह आराम से लेटी। डॉक्टर और नर्स को अच्छी तरह से देखी। उनके लिबास के भीतर से उन्हें पहचान सकना थोड़ा मुश्किल था। लेकिन दिखा। डॉक्टर युवा थे।

"मुझे कोई संक्रमण वाला रोग हुआ है क्या?" आराध्या पूछी।

"अरे नहीं। तुम बिल्कुल ठीक हो।" डॉक्टर पास में गए और उसके नब्ज को टटोलते हुए बोले।

"तो फिर मुझे यहां इस तरह से क्यों रखा गया है? और आपका यह लिबास जैसे मेरे संपर्क में आने वाले लोग किसी खतरनाक बीमारी से ग्रस्त हो जायेंगे?" वह अभी तक इस बात का विश्वास नहीं कर पा रही थी कि कोई महामारी पूरे देश पर संकट बना है।

"तुम्हें सच में कुछ नहीं पता?"

इस प्रश्न का उत्तर आराध्या ने न में सिर हिला कर दिया। उसकी मासूम आखें बस प्यार की भूखी थी। भोलापन उसकी सच्चाई का आयना था। वह इन सब से बिल्कुल ही अनजान थी।

"कोई बात नहीं। तुम्हें मैं बताता हूं।" डॉक्टर ने मोबाइल निकाला और न्यूज चलाया। न्यूज में कोरोना के बढ़ते मामलों को दिखाया जा रहा था। कैसे भय शहर के सड़कों पर तांडव कर रहा था।

अब भी इन सब पर यकीन करना मुश्किल सा लग रहा था। लेकिन सच तो यही था न।

"तो तुम कहां से आई हो?" डॉक्टर ने आराध्या से प्रश्न किया।

"बिहार से।"

"ओह..! मुझे पता चला तुम्हारे बारे में। तुम्हारी रिपोर्ट भी आ गई। यह निगेटिव है। डरने की कोई बात नहीं। लेकिन तुम्हारे घाव बहुत गहरें हैं।"

आराध्या ने सिर हिलाया।

"तो तुम बिहार से आई हो। क्या मैं तुम्हारा नाम पूछ सकता हूं?"

"आराध्या।"

"मैं विवेक हूं। मेडिकल स्टूडेंट। इस साल मेरा एमबीबीएस फाइनल हो जायेगा। इस पेंडमिक में कॉलेज बंद हो गए है और हमारी ड्यूटी अस्पतालों में लगाई गई है। मैं यहां आता रहूंगा।" विवेक ने परिचय दिया। और अपना मास्क उतारा।

आराध्या को जब अस्पताल लाया गया था तब विवेक की नजर इस पर पड़ी थी। तब से इस बेचारे के दिल में हलचल ही हलचल हो रहा था। किसी भी तरह आराध्या को देखना, उसकी स्थिति जानना और उससे कुछ बातें करना, इतनी सी इच्छा पूरी करने के लिए न जाने कितने षड्यंत्र रचे। और आखिर आ ही गया।

उसकी आंखें कुछ कहती थी। उम्मीद और हिम्मत से सराबोर जो हर जंग जीतने को तैयार थी। उसे देख ऐसा लगता था कि कैसी भी बड़ी विपत्ति हो आराध्या के इस मुस्कान के सामने घुटने टेक देगा।

आकर्षण, आराध्या को बार बार देखने की तलब। एक नशा। एक लत। एक अनजान सा रिश्ता जिसके बंधन में विवेक बंधने लगा था। दिन में कई बार वह उसके पास चला जाता। बातें करता। उसे हंसाने के प्रयास करता। अपने बारे में बताता।

एक इच्छा कब लत बन गई पता ही नहीं चला। और यह लत कब मोहब्बत में तब्दील हो गई क्या खबर। वक्त की रफ्तार मंद थी। दुनियां खौफ में था। यह इतनी जल्दी खत्म होने वाला नहीं था। लेकिन इसी बीच मोहब्बत का बीज विवेक के हृदय में पौधा के रूप लेने लगा था।

हवाओं में वैसे तो भय घुला था लेकिन यह विवेक के फेफड़ों में आराध्या के प्रति प्रेम भावना की लौ को आग दिखाता। इश्क़ में बीमार हुए इस बेचारे की हालत पर हंसता और उकसाता कि चल एक झलक देख आते है आराध्या की।

उसकी मासूमियत पर कवि की कविताएं समाप्त ही न हो। लेकिन मुस्कान से तो जैसे बैर हो। दुश्मनी हो। लंबे केश और प्यारी बातें। चाशनी से चींटी आकर्षित न हो ऐसा संभव है भला?

14 दिन तो जैसे कुछ घंटे में ही बीत गए। बातों ही बातों में दोनों घुल गए थे। कुछ किस्से आराध्या अपने अतीत की कहती तो कुछ विवेक अपनी। और इन्हीं बातों में वक्त बीत गया। अब समय था आराध्या को अस्पताल छोड़ घर जाने का। लेकिन कहां? इस शहर में उसका कौन था यहां?

"तो अब तुम्हें डिस्चार्ज किया जा रहा है। कहां जाओगी?" विवेक ने प्रश्न किया। जवाब कुछ नहीं था।

माहौल अलग थे। इससे पहले की बात कुछ और होती। सड़कों पर काम की तलाश में भटकती फिरती। किसी वृक्ष के छांव के नीचे भी वक्त काट लेती। जैसे लोग फुटपाथ पर सोते हैं, एक तकिया आराध्या के नाम का भी लग जाता।

"मेरे पास एक आइडिया है। तुम मेरे घर चलो। कुछ दिन रहो। जब स्थिति सुधर जाए तो घर ढूंढ लेना।" डरते हुए ही सही पर विवेक ने दिल की बात कह डाली उससे।

अंधेरी ईस्ट में वह एक 3BHK फ्लैट में रहता था। अकेला ही। उसके मम्मी और पापा विदेश में रहते थे। लेकिन इसे अपने देश से प्रेम था। इसी देश प्रेम ने विदेश में रहने और पढ़ने का प्रस्ताव ठुकरा दिया था।

आराध्या संकोच करने लगी। कैसे किसी अजनबी के घर जाय। वह विवेक के एहसान के तले दब जायेगी।

"नहीं। मेरी हेल्प करना चाहते हो तो बस मुझे कहीं कोई काम दिला दो। मैं खाना भी बना दूंगी। बर्तन से लेकर सारा काम।"

आराध्या विवेक के घर रहने को राजी हुई लेकिन शर्त यह था कि वह सारा काम करेगी। नौकरानी की तरह। खाना बनाने से लेकर साफ़

सफाई तक का सारा काम। शर्त चाहे जो भी हो एक प्रेमी के लिए इतना ही काफी होता है कि उसकी प्रेमिका साथ रहे। कुछ देर के लिए ही सही लेकिन आराध्या को छत का सहारा मिल गया था।

आराध्या विवेक के घर पर नौकरानी के रूप में रहने लगी। उसके लिए भोजन बनाने से लेकर हर एक काम किया करती और जब वक्त मिलता स्टडी रूम में रखे कुछ पुस्तकों को पढ़ने लगती। सपने फिर से पलकों पर बुनने लगती।

एक दिन जब वह अपने टूटे उस मोबाइल फोन को सीने से लगा रोए जा रही थी विवेक की नजर उस पर पड़ी। तब उसे उसकी मां के बारे में पता चला। एक आखिरी तस्वीर जो इसमें था बेरहम पिता ने मोबाइल ही तोड़ डाला। अब मां को कैसे देखेगी।

विवेक ने मोबाइल उसके हाथ से ले लिया और बोला कि तुम फिक्र मत करो में इसमें से सारा डेटा निकालकर तुम्हें दूंगा। फिर तुम अपनी मां की उस तस्वीर को भी देख पाओगी। यह सुनते ही वह खुश हो गई। उसकी खुशी विवेक को भी गुदगुदा गया।

वैसे तो कई दिन हो गए थे आराध्या को मुंबई आए हुए लेकिन आज वह बाहर निकली थी। शहर की चकाचौंध नजरों की चमक बढ़ा रही थी। आज वह खुश लग रही थी। वक्त के धूल के नीचे उसका अतीत दबने लगा था। विवेक की दोस्ती में वह क्रूर पिता के आतंक को भूल गई थी। अब सपने देखने की आजादी थी। अब इन्हें पूरा हो जाने की थोड़ी उम्मीद भी थी।

लॉकडाउन की वजह से वैसे तो दुकान बंद पड़े थे। बस कुछ जरूरी चीजें बेचने वाली दुकानें ही खुले होते थे और वो भी निश्चित समयावधि के लिए ही। ऐसे में विवेक को आराध्या के टूटे मोबाइल से उसे उसकी मां की तस्वीर निकालनी थी। बेवजह सड़क पर घूमना खतरे से खाली नहीं था। कोरोना कुछ करे न करे पुलिस के डंडे जरूर हड्डियां तोड़ देते। फिर भी इश्क में आशिक इतना भी रिस्क न ले तो फिर क्या इश्क..!

इस जुनून से कि आज वह आराध्या का मोबाइल ठीक कराकर ही लौटेगा मुंबई के बाजारों में भटकता फिरता। दुकान बंद ही थे लेकिन उम्मीद था कि कोई तो मिलेगा जो इस काम को कर दे। यह उसके तरफ

आराध्या के लिए बेहतरीन ताउफा होगा। अपने मां की तस्वीर देख वह मुस्कुराएगी। और उसे मुस्कुराता देख विवेक के होंठों पर भी आनंद भरी हंसी आ जायेगी।

किस्मत अच्छी थी उसकी। इससे पहले कि बेवजह ही उसे पुलिस के डंडे का स्वाद चखने को मिलता उसके एक दोस्त ने कॉल किया। एक मोबाइल रिपेयर करने वाले को वह जानता था। बस किसी भी तरह से वह उसके पास चला जाए। फिर तो समस्या ही खत्म। अड्रेस सेंड कर दिया गया था। थोड़ा दूर था। वह बंदा ठाणे में रहता था। रास्ता थोड़ा लम्बा था लेकिन जटिल भी तो था। लेकिन अब एक ही हथियार उसके काम आने वाली थी। सही समय पर दिमाग चल गया बड़ी बात थी। वह अपनी बुद्धिमानी पर इतराया और गाड़ी निकाला।

डॉक्टरी की पढ़ाई आज इश्क के इंतहा में भी काम आने वाला था। अब बस कुछ ही समय का तो इंतजार था। ठाणे ज्यादा दूर नहीं था। रास्ते में कोई रोक टोक नहीं हुई और एक घंटे के से भी कम समय में वह उसके घर के पास था।

मोबाइल का नक्शा तो पूरी तरह से बिगड़ दिया गया था लेकिन उसने कहा कि इसमें से सारे डेटा को वह निकाल सकता है। बात खर्चे की, तो प्रेमिका के चेहरे पर मुस्कान देखने के लिए प्रेमी कोई भी कीमत अदा कर सकता है। थोड़े ही समय के इंतजार के बाद उसने सारे डेटा को एक मेमोरी कार्ड में ट्रांसफर कर दिया। विवेक की खुशी की कोई सीमा नहीं थी। इतनी खुशी तो उसे मेडिकल के लिए इंट्रेंस एग्जाम क्रैक करने के बाद भी नहीं हुआ था। तभी उसे एक और ख्याल आया। सिर्फ मेमोरी कार्ड देना? फिर तुरंत ही उसने आराध्या के लिए एक मोबाइल खरीदने का फैसला किया। एक बेहतर और कीमती मोबाइल। क्योंकि यह पहला उपहार उसे देने वाला था। यादगार और शानदार होना चाहिए था। इसके बाद अब वह कभी भी अपने मां को देखने के लिए नहीं तड़पेगी। न रोएगी। न विवेक उसे रोने देगा।

कुछ ही दिनों में आराध्या के प्रति इतना आकर्षण और इसी आकर्षण को ही शायद मोहब्बत कहते हों। वह उसकी परवाह करने लगा था। उसकी हिम्मत बनना चाहता था। उसकी मुस्कान बन उसके होंठों पर

हंसना चाहता था। फिर वैसे भी दुनियां महामारी के भय के साये में है। कब क्या हो कौन जानता है?

डॉक्टर्स भी तो एक युद्ध लड़ रहें है। एक ऐसे दुश्मन से जो अदृश्य है, शक्तिशाली है, और जिससे लड़ने के लिए पर्याप्त हथियार भी उपलब्ध नहीं है। क्या पता कल यह संक्रमण उसे भी हो जाय। क्या पता कि इश्क के इजहार से पहले ही यह बिमारी उसे गले लगा ले। इस भय से दुनियां भयभीत थी। पर सुकून तो इश्क का एहसास था। आराध्या को देख उसे लगता कि बस अब वह जंग जीत गया है। दिन पहले जैसे हो गए है। मुंबई के सड़कों पर सपनों की रेस में भागते लोगों की भीड़ फिर से उमड़ पड़ी है।

आराध्या ने धीरे धीरे आंखें खोली। विवेक पूरी तैयारी कर चुका था। जब आंखें खोली तो बड़ी स्क्रीन पर उसे अपनी मां की वही तस्वीर दिखाई पड़ी जो उसके मोबाइल में था। एक आखिरी तस्वीर जो शायद आराध्या की हिम्मत थी। जो जीवन जीने के लिए प्रेरित करती थी उसे। बिना पलकें झपकाए वह बस मां की तस्वीर को देखती रही। आंसू बहते रहें और मुस्कान होंठों पर लिपटे रहें। हर दिन वह इस तस्वीर को सीने से लगा सोया करती तब ऐसा लगता कि मां की गोद में ही सोई है। लेकिन पिछले कई दिनों से यह होने का उम्मीद ही नहीं था। वह टेक्नोलजी के बारे में उतना नहीं जानती थी। नहीं जानती थी कि वह दोबारा से मां की तस्वीर को देख सकेगी। लेकिन अब यह बिल्कुल सपने के जैसा ही लग रहा था। इंद्रियां भावनाओं को ठीक से व्यक्त नहीं कर पा रहे थे। विवेक, एक अजनबी ने उसे पहले काम दिया। अपने घर में रखा। उसका विशाल हृदय। उसका इतना एहसान। एक था उसका शराबी पिता जिससे वह प्रेम पाने के लिए तरसती रही और एक यह अजनबी जो बिना मांगे ही उसकी इच्छा पूरी कर रहा है। उसे खुश करने का प्रयास कर रहा है।

वह खुशी से झूम उठी। और विवेक के सीने से लिपट पड़ी। उसे एहसास न रहा कि वह क्या कर रही है। उसके प्यार में पागल विवेक ने इस घटना की कभी उम्मीद भी नही किया था लेकिन जब वह उसके कंधों पर सिर रख खुशी के आंसू बहा रही थी, तब वह इस बात को ले निश्चिंत हो गया कि उसका प्रेम अब हारेगा नहीं। उसने आराध्या को मोबाइल भी

गिफ्ट किया।

"आज तुम बैठो और जी भरकर मां की तस्वीर को देखो। मैं चाय बनाकर लाता हूं तुम्हारे लिए।" विवेक बोला और किचन की ओर जाने लगा।

"रुको।" आराध्या ने उसका हाथ पकड़ लिया। "चाय बनाने का काम मेरा है, मैं ही करूंगी। नौकरानी तुम हो या मैं?"

बातों में कुछ मजाक का स्वाद था और कुछ हकीकत का। थोड़ी भावुक करने वाली थी और थोड़ी गुदगुदी लाने वाली। लेकिन इसने विवेक को भावुक ज्यादा ही कर दिया। भले वह यह नौकरानी के तौर पर आई थी लेकिन वह नौकरानी नहीं थी।

इस शहर में रहने के बाबजूद भी आज तक कोई ऐसी लड़की नहीं मिली जिसका प्रभाव इतना तीव्र उसके जीवन पर पड़ा हो। इतने कम समय में जो उसकी आदत बन गई। अपनापन और उसके साथ होने मात्र से ही वह स्वयं को संतुष्ट समझता था। फिर न कोई इच्छा होती न कोई ख्वाइश। वक्त ठहर जाता और वह उसके नजरों के सामने रहती बस।

विवेक ने उसे सोफे पर बिठाया।

"देखो। तुम कोई नौकरानी नहीं हो। तुम मेरी दोस्त हो। और दोस्ती में सब चलता है। तो डील हो गया। तुम बैठोगी और मैं चाय बनाऊंगा।" वह हँस पड़ा। "घबराओ मत अच्छी चाय बनाऊंगा।" और किचन चला गया।

वह इश्क का इजहार कर देना चाहता था पर न जाने क्यों कह न सका। लेकिन फीके पानी में इश्क की चाशनी डाल चाय बनाने लगा।

बदनसीबी में बड़ी हुई आराध्या को इतना प्रेम करने वाला मिला। वर्षों बाद कोई मिला था जो उसे सिर्फ प्रेम देना चाहता था। लेकिन शायद यह उसके किस्मत में था ही नहीं। विवेक अस्पताल गया हुआ था। आराध्या का मन नहीं लग रहा था। बैठे बैठे उसे याद आया कि टिक टॉक पर उसने एक वीडियो अपलोड किया था। एक बार चेक कर ले। चेक करने के लिए मोबाइल में टिक टॉक डाउनलोड करना पड़ता और फिर अकाउंट लॉग इन। लेकिन अफसोस भारत सरकार ने इस एप्लिकेशन के साथ साथ कई अन्य एप्लिकेशन पर प्रतिबंध लगा दिया था। देश में

चाइनीज समान का बहिष्कार किया गया।

वह सपना तो टूट गया था। पूरी तरह से। लेकिन इस बात का अफ़सोस कौन करे? नए सपने देखने की आजादी थी। उन्हे पूरा करने की भी। क्योंकि अब वह उन्मुक्त गगन में पंख फैलाए आजाद पंक्षी की तरह थी।

विवेक अस्तपाल गया था। समय हो गया था उसके लौट आने का लेकिन अभी तक वह आया नहीं। आराध्या को थोड़ी घबराहट हुई। विवेक सिर्फ उसका एक अच्छा दोस्त ही नहीं ईश्वर का रूप था। समय पर वापस न आने की वजह कुछ इमरजेंसी वजहें हो सकती है, थोड़ा इंतजार करना उचित रहेगा। थोड़ा देर से ही सही लेकिन वह घर तो आएगा ही।

एक घंटे, फिर दो और फिर तीन घंटे बीत गए। कुछ अनहोनी का अंदेशा होने लगा था। दिल घबराने लगा था। कुछ भी होना संभव है। वह तुरंत फोन की ओर भागी। हृदय में उमड़ते नकारात्म विचार को असत्य सिद्ध करना अनिवार्य था। अन्यथा यह तड़पाने लगती। रुलाने लगती। कहीं कोई एक्सीडेंट तो नहीं हो गया?

आराध्या ने विवेक को फोन मिलाया। फोन बज तो रहा था लेकिन कोई जवाब नहीं। क्या वह व्यस्त है? अगर हां तो कमसे कम खबर तो कर देना चाहिए। उसे फिक्र हो रही थी। बार बार फोन करने के बाद भी कोई उत्तर नहीं मिल रहा था। रात का समय था। भय और बैचैनी परिवेश को भरने लगी थी। उसे ख्याल आया। उसने अस्पताल में फोन लगाया। लेकिन बदकिस्मती अस्पताल का फोन व्यस्त आ रहा था। वह घबरा गई थी। उसे कुछ और सूझ नहीं रहा था। विवेक को सुरक्षित देख लेने ही इस बेचैनी की दवा थी। वह भागी।

सड़के सुनसान थी। पुलिसकर्मी पेट्रोलिंग कर रहे थे। बिना किसी के परवाह किए वह बस भागी ही जा रही थी। सांसे तेज हो रही थी। भय का पारा बढ़ता ही जा रहा था। वह किसी भी परिस्थिति में विवेक को खोना नहीं चाहती थी। अचानक से पुलिस ने उसे रोका।

"मैडम कहां भागी जा रही हो?"

वह हांफ रही थी। शब्द मुख से बड़ी मुश्किल से निकले।

"डॉक्टर... विवेक... अस्पताल..."

पुलिस समझ गई थी कि मामला इमरजेंसी का है। उन्होंने उसे गाड़ी पर बैठाया और आराध्या ने अस्पताल का पता बताया। कुछ ही मिनट के बाद वह अस्पताल पहुंच गई थी। वह अंदर भागी। लेकिन लोगों ने उसे रोक लिया।

"मुझे डॉक्टर विवेक से मिलना है।" वह गिड़गिड़ाई। उसकी एक झलक आराध्या के हृदय को शांति और सकुन दे देता। लेकिन उसे अंदर जाने नहीं दिया गया।

विवेक कोरोना से संक्रमित हो गया था। उसकी हालत गंभीर थी। उसे वेंटीलेटर पर रखा गया था। किसी ने उसे जानकरी दी। वह निर्बल हो घुटनों पर आ गिरी। किसी ने उसे एक लेटर दिया। यह विवेक के तरफ से था।

अचानक से परिस्थिति ऐसी हो गई थी कि वह एक दूसरे को मिल भी नहीं सकते थे। प्यार की एक कहानी शुरू तो हुई थी लेकिन शायद पहले ही अध्याय में इसका अंत लिख दिया गया था। गीली आंखों से आसूं की चादर हटा आराध्या ने लेटर को पढ़ा। इसे पढ़ कर वह बिल्कुल ही टूट पड़ी। किस्मत के प्रहार ने एक बार फिर से उसे प्रशस्त कर दिया था।

"आराध्या... कुछ अनचाही चीजें बिन बुलाए जिंदगी में आ जाती है। मैं यह बिल्कुल भी नहीं चाहता था। लेकिन यह रोग न सिर्फ मेरी जान लेगा बल्कि मेरी उन सारे सपनों का दमन कर देगा जिसे तुम्हारे साथ जीने के लिए मैने देखा था। हां, इश्क के इजहार करने का उचित समय तो नहीं है लेकिन मरने से पहले मैं अपने प्यार का इजहार कर देना चाहता हूं तुमसे। पर किस्मत देखो। मैं न तुम्हारे सामने घुटनों के बल बैठा हूं न मेरे हाथ में अंगूठी ही है। यह माहौल वैसा बिल्कुल ही नहीं है कि एक प्रेमी इश्क का इजहार करे। लेकिन जो भी हो। मैं तुमसे प्यार करता हूं।

मुझे पता है कि हमारी प्रेम कहानी का अंत यहीं लिखा गया है। अब न मैं तुम्हारे लिए चाय बना सकूंगा न ही बातें कर पाऊंगा। न ही तुम्हारी कोई इच्छा पूरा कर सकूंगा। शायद तुम्हें देख भी न सकूं।

मेरे बाद तुम्हें कोई तकलीफ न हो इसलिए फ्लैट को तुम्हारे नाम कर दिया है। पैसे भी तुम्हारे अकाउंट में डाल दिए है। तुम्हारे आंखों में मैने हर जंग जीतने का जुनून देखा है। लेकिन मैं ये जंग हार गया। तुम्हे सपनों

के इस सफ़र पर अकेले ही चलना पड़ेगा। हमेशा खुश रहना आराध्या।"

और फिर अंत में आराध्या के पास बस कुछ आंसू ही बचे। और कुछ नहीं।

टूटा दिल, सूखे आंसू और निस्प्राण देह। भले ही वह उन भावनाओं से अज्ञात थी लेकिन वास्तविकता तो यह था कि वह भी विवेक के साथ प्रेम के बंधन में बंध गई थी। लेकिन कमबख्त किस्मत से इसकी खुशी देखी कहां जाती। इसने पहले मां को छीना, फिर पिता और फिर हर एक सपने और उम्मीद को तोड़ता ही गया। जब इश्क की परछाई में बैठ वह सकुन की गहरी नींद विवेक के बाहों में कैद हो लेती, इसने उसे भी छीन लिया। अब वह बिल्कुल अकेली थी। पहले की ही तरह। न कोई दोस्त और न ही कोई परिचित।

निस्प्राण देह में हिम्मत भरने का प्रयास कैसे करती? जब भी इन घटनाओं के स्मृति को त्यागने का प्रयास करती गहरे घाव गहरे ही होते जाते। दर्द बढ़ता। तड़प बढ़ती। तन्हाई तंग करती। उम्मीद टूट बिखरता। फिर विचार आता कि वह क्यों जीवित है। दुखों से भरे इस देह को नष्ट कर देना ही उचित है। क्यों जीना? किसके लिए जीना? एक उम्मीद, मोहब्बत का रूप ले जिंदगी जीने को प्रेरित करने आई थी, वह भी टूट गया। अब शेष क्या है?

लड़खड़ाते पैर न जाने किस दिशा में बढ़ रहे थे। विवेक का देहांत हो गया था। देश सेवा में उसकी कुर्बानी इतिहास के पन्नों में अंकित तो हो गई पर काश कि यह आराध्या के जीवन में भी होता।

सुरक्षा के दृष्टि से आराध्या का भी चेकअप किया गया। विवेक के साथ रहने से कहीं वह भी तो संक्रमित नहीं। लेकिन वह ठीक थी। रिपोर्ट निगेटिव आए थे। लेकिन आखिरी बार विवेक को देखने की उसकी इच्छा जब पूरी की गई उसे अपने आप पर काबू न रहा। उसे लग रहा था कि ये लोग मजाक कर रहे हैं। लेकिन जब विवेक का मृत शरीर उसके नजरों के सामने पड़ा था, भ्रम और वास्तविकता के मध्य की दीवार जैसे ओझल

हो गई। सत्य को झुठलाने का प्रयास बेकार साबित हुई।

वह जाना चाहती थी। विवेक को बाहों में भरकर, उसके पलकों को चूमते हुए कहना चाहती थी कि मुझे तुम्हारे प्यार का इजहार कबूल है। आंखें खोलो और चलो यहां से क्योंकि अब हमें पूरी जिंदगी एक दूसरे का सहारा बनना है। वह उसके सीने पर सिर रख रोना चाहती थी। लेकिन यह भी संभव न हो सका। तब वह अस्पताल से बाहर सुध बुध खोए उस पागल की तरह भटकती फिरी जिसे किसी भी भाव का कोई बोध न हो। न भूख की जलन हो न प्यास की तलब। बस बिखरे केश, मैले वस्त्र और संपत्ति के रूप में सिर्फ आंसू ही आंसू।

वह सड़कों पर भटकती रही। जब पैर लड़खड़ाए तो गिर पड़ी। पत्थर से टक्कर सिर पर घाव बना डाले। रक्तस्राव की कोई परवाह नहीं। कैसे झेले कोई इस परिस्थिति को। इतना हिम्मत कहां से लाए कि खुद को दिलासे दिलाए कि सब ठीक है। जबकि ठीक कुछ भी नहीं था। कैसे पोंछे इन आसुओं को और कैसे शांत करे हृदय में उमड़ते वेदना को।

न दिशा की परवाह न मार्ग की। न मंजिल की परवाह न सफर की। न नियम की न कानून की।

वह वापस उस घर में कैसे जाती? वहां विवेक की यादें होंगी। उसकी हंसी। उसकी चाशनी सी बातें। उसके स्नेह का एहसास इस दर्द को बढ़ाएगा ही। फिर चाय की वो चुस्कियां जो दोनों साथ बैठ शहर की ऊंची बिल्डिंग को देखते हुए लेते थे। वो किताबें जो दोनों साथ पढ़ा करते थे। उस घर में वापस जाने की हिम्मत अब उसमे नहीं था।

शहर बंद था। वह बेघर थी। अकेली थी। लूट गई थी। बिल्कुल ही गरीब। एक ब्रिज के पास बने झुग्गी के पास वह बेहोश हो गिर पड़ी।

जब होश आया वह गरीबों की बस्ती में थी। इस बीमारी के त्यौहार में भी यहां उसे इंसानियत मिला। कुछ लोग फटे बेहाल कपड़ों में, भूख से पेट हड्डियों से चिपका जा रहा था, लेकिन फिर भी खुशी कम नहीं थी उनके चेहरे पर। ये छोटे लोग थे। मजदूरी करते। आज कमाते तो रोटी मिलती और कल के लिए फिर कमाना पड़ता। ऐसी परिस्थिति में भी यह इतने समय तक संघर्ष कर रहे थे। लेकिन महामारी और लॉकडॉन ने बहुतों की हिम्मत तोड़ दिया था।

मजदूर लोग जो अन्य राज्यों से आए थे इन बड़े शहरों में पेट की आग शांत करने के लिए— भूखे प्यासे, पैदल ही सैकड़ों किलोमीटर की दूरी तय कर वापस अपने प्रदेश को जा रहे थे। इनकी आसुओं का हिसाब तो था लेकिन कोई मुआवजा नहीं मिलने वाला था। भूख तो तड़पाएगी ही लेकिन क्या इसमें हौसले को तोड़ डालने की हिम्मत है?

महामारी से दुनियां बेहाल थी। कई सपने तो टूट ही चुके थे। कई निराशा के दलदल में फंसने लगे थे। उम्मीद थी जल्दी ही सब ठीक हो जाने की लेकिन वक्त गंभीरता बढ़ाता ही जा रहा था। भले ही अनंत समस्याएं आ खड़ी हुई थी, पैरों के नीचे भले ही सिर्फ अंगार सजाए गए हों, लेकिन इनमे आराध्या के उम्मीद को तोड़ने की ताकत नहीं थी। यह उसे रोकने वाली नहीं थी। संघर्ष करने को तैयार। फिर चाहे परिणाम जो भी हो क्या फर्क पड़ता है। इस परिवेश में आ उसने गम की एक नई परिभाषा का अध्ययन किया। इनके चेहरे पर सकुन भरी खुशी उसे फिर से ऊर्जा देने लगी। विवेक का महामारी से मरना नियति था। यह भी नियति है जो आराध्या इतनी कष्ट झेल रही है, लेकिन अब उसने निर्णय इस नियति को बदलने का लिया। जिस जोश के साथ उस रात वह घर से बाहर निकली थी, अब उन सपनों को साकार करने का निर्णय किया। मैले वस्त्र को उतार फेंकी। खुद को निर्जीव बनाना अनिवार्य था अन्यथा फिर से वह भावनाओं की नदी में बह जाती।

न कोई श्रृंगार, न मंहगे आभूषण ही, न कीमती वस्त्र–परिधान फिर भी वह खूबसूरत लग रही थी। हर बार टूट जाने के बाबजूद भी वह फिर खड़ी हुई थी। उम्मीद आंखों में भरा था और एक नया लक्ष्य सामने था। इसे जीत लेने का आत्मविश्वास ही उसकी खूबसूरती बढ़ा रहा था। अब संघर्ष शुरू हो गया था।

कुछ पैसे उसके पास पड़े थे। इन पैसों से उनसे सब्जी बेचने का काम शुरू किया। अब हर दिन सुबह और शाम जब बाजारें खुलती थी वह व्यापार करती। परिस्थियों से लड़ना तो सिख ही गई थी और अब बस जीतना शेष था। कड़ी मेहनत और ईमानदारी तरक्की का रास्ता दिखाने लगी। एक अकेले के लिए इतना धन अर्जन पर्याप्त था। लेकिन यह पर्याप्त शब्द उसके सपनों पर अभी पूर्ण विराम नहीं लगा सकता था।

जब कभी भी हिम्मत हारने लगती मां की तस्वीर से लिपट रो लेती। सुबह शाम सब्जियां बेचती और जब वक्त मिलता किताबों के पन्नों के बीच खो जाती। कुछ दिन तक यही प्रक्रिया चलता रहा। फिर उसे ख्याल आया कि वह सब्जियां बेचने के लिए नहीं बनीं है। यह बस एक साधन है इस शहर में रहने का। इसे जीवन का हिस्सा नहीं बना सकती। फिर ख्याल आया कि एक और वीडियो बनाए। इसे अपलोड करे। फिल्मी सितारा बनने का वो पुराना सपना फिर उकसाने लगा। प्रयास करी अपने उस पिछले विडियो को इंटरनेट पर ढूंढने का लेकिन क्योंकि वह एप बंद हो चुका था, थोड़ी मायूसी ही हाथ लगी। उसी दिन उसने दो तीन विडियो बनाकर इंटरनेट पार अपलोड कर दी। बार बार ध्यान उन्हीं पर लगा रहता। कितने व्यूज आए। कितने लाइक्स आए। क्या अन्य लोगों की तरह मैं भी फेमस हूंगी? क्या फिल्मों में मुझे काम मिलेगा। फिल्मों में काम करने का जुनून बढ़ने लगा। जबकि वह मुंबई में ही थी प्रयास करने लगी थी इस क्षेत्र में किसी भी तरह से कोई काम ढूंढने का।

लॉकडाउन कई चरणों में हटाया जा रहा था। अब माहौल बदल रहे थे। खौफ का मौसम टालता दिख रहा था। वह निकल पड़ी। फिल्म सिटी में जायेगी तो शायद काम बन जाए। यह ख्याल तो अच्छा था। बिना वक्त गवाए वह फिल्म सिटी को रवाना हो गई। लेकिन सारे उत्साह तब ध्वस्त हो गए जब उसे फिल्म सिटी के द्वार पर रोका गया।

"कहां जा रही हो आप?" एक ने आराध्या से पूछा।

"अंदर जाना है मुझे। मैं फिल्मों में काम करना चाहती हूं। सुना है फिल्म सिटी में सूटिंग होती है... अंदर जाऊंगी तो शायद काम मिल जायेगा।" आत्मविश्वास से भरी उसकी आंखे चमक रही थी।

"नहीं..! अंदर जाना अलाउड नहीं है। आप नहीं जा सकती।"

"लेकिन क्यों?"

"आप नहीं जा सकती। आप जाइए प्लीज़।" आराध्या को इस प्रकार के उत्तर की उम्मीद ही नहीं थी। वह तो जैसे कुछ समझ ही नहीं पा रही थी। अगर भीतर ही नहीं जा सकूंगी तो काम कैसे ढूंढूंगी। यह सपना तो यहीं पर टूटता नजर आने लगा था। साधारण से मेरे वस्त्र और मुझे इस ओर पैदल आते देख शायद ये ऐसा बोल रहें हैं। वह सोचने लगी।

"मैडम, प्लीज यहां से हट जाइए।"

"जब भीतर नहीं जाऊंगी तो मुझे काम कैसे मिलेगा। मुझे फिल्मों में काम करना है। कोई भी काम चलेगा। भीतर जाने के लिए क्या करना पड़ेगा?" आराध्या पूछी।

"वहां देखिए।" सड़क के दूसरे ओर इंगित करते हुए वह आराध्या को बताने लगा। "वहां से लोग टिकट खरीदते हैं। और फिर उन्हें अंदर ले जाया जाता है। टूरिस्ट आते है। टिकट लेते हैं। लेकिन अभी वह बंद है। जब लॉकडाउन पूरी तरह से खुल जाय तब वह चालू हो जायेगा।"

यह जवाब आराध्या के प्रश्न का उत्तर नहीं था। वह समझ नहीं पा रही थी कि क्या करे। क्या फिल्मों में काम मिलना इतना कठिन है। पहले की तुलना में तो शायद कई गुना कठिन। वह निराश हो गई। सड़क के इस ओर एक अनुसंधान संस्थान था और दूसरे ओर कुछ झुग्गियां। वह संस्थान के सामने वाले पेड़ के नीचे जा बैठी। सोचने लगी क्या करे क्या न करे। कई मिनटों तक वह इस प्रश्न पर विचार करती रही कि कैसे वह भीतर जाए। वह वापस लौटने लगी। पैदल ही।

अभी बस कुछ ही मीटर चली थी कि उसे एक कच्चा रास्ता दिखाई दिया। वह उस रास्ते पर चलने लगी। यह उसे कहां ले जाएगा नहीं जानती थी। लेकिन उसके दिमाग में तो बस इस बात की ही हलचल चल रही थी कि क्या करे और भीतर कैसे जाए। कुछ दूर चलने के बाद उसने मोबाइल निकाला।

गूगल मैप की सहायता से एक मार्ग ढूंढ निकाली भीतर जाने का। लगभग 6 किलोमीटर चलने के बाद वह सीधे बिगबॉस के सेट पर पहुंचती। थोड़ी खुशी और उम्मीद एक साथ चेहरे पर उमड़ आई। वह उस मार्ग पर चल पड़ी। न थकी न रुकी और चलती ही रही।

घना जंगल, पहाड़ियां, भीतर भी लोग रहते थे। फिल्मसिटी उसके कल्पनाओं से बिल्कुल ही अलग था। सोचती थी कि अंदर सिवाय प्रोडक्शन हाउस के और कुछ नहीं होगा। लेकिन ऐसा नहीं था। अब वह सेट पर पहुंची। एक गार्ड ने उसे फिर रोका। फिल्मसिटी में बिना अनुमति बेवजह घूमना अलाउड नहीं था। ऐसा करना दंडनीय अपराध था। गार्ड ने उसे बुलाया। वह उसके पास गई।

"अंदर बुलाया है मुझे।" उसके कुछ पूछने से पहले ही वह बोल पड़ी। उसने समय देखा। साढ़े चार बजने को थे।

"किसने। नाम बताओ उनका।" वह झूठ बोल रही थी। किसका नाम बताती। अंदर आते उसने यह पढ़ लिया था कि फिल्मसिटी में बिना पर्मिशन प्रवेश करना दंडनीय अपराध है। अब वह यह बोल भी नहीं सकती थी कि वह यहां पर काम ढूंढने आई है।

"नाम तो याद नहीं पर उनका मेल आया था।" बचाव के लिए यह एक अच्छा उत्तर था।

"तो मुझे तुम वो मेल दिखाओ।" अब आराध्या फंस गई थी। न उसके पास कोई मेल आया था और न ही उसे बुलाया था किसी ने वह क्या दिखाती और क्या बताती। फिर भी मोबाइल निकाल मेल ढूंढने का अभिनय करने लगी। एक समय आता जब सच्चाई बाहर आती। इस कानून को तोड़ने के आरोप में शायद वह दंडित भी की जाती लेकिन इतने में ही कुछ गाडियां भीतर जाने लगी। वे लोग उसी में व्यस्त हो गए। आराध्या दो तीन मिनट तक इंतजार करती रही और फिर दबे पांव ही वहां से वापस चली आई। रास्ता बिल्कुल बंद दिख रहा था। कोई जानकारी देने वाला नहीं। कोई दोस्त नहीं। कोई परिचित नहीं जो उसे इस क्षेत्र के बारे में उसे जानकारी दे सकता।

मायूसी एक बार फिर उससे आ लिपटी। वहां से वह गोरेगांव स्टेशन की ओर पैदल ही चलने लगी। उत्साह थकान का अहसास नहीं होने देता लेकिन मायूसी की वजह से यह हावी होने लगा था। गोरेगांव के सड़कों पर वह भटकती फिरी। किस से पूछे। कौन बताएगा? डरे सहमे लोग। सभी के चेहरे पर मास्क और हर ओर इस महामारी से बचाव के लिए सख्ती से नियमों का पालन किया जा रहा था।

लगभग 20 किलो मीटर पैदल चलने की वजह से थकान हावी हो रहा था। वह रूम में जाते ही बिस्तर पर गिर पड़ी। सपनों में चकाचौंध दिखने वाला वो दुनियां कितना दूर था इसका आभास उसे होने लगा था। उस मंजिल तक पहुंचना कितना कठिन था वह समझ गई थी।

भले ही उसे आज भी हारना पड़ा था लेकिन वह निराश नहीं हुई। न उसके सपने टूटे न ही हौसला। वह और प्रयास करेगी। संघर्ष करेगी।

थकान की वजह से बिना भोजन किए ही सो गई।

जब आंख खुली सुबह होने को था। फिर काम करना था। खाना बनाने से लेकर सब्जी बेचने तक के काम में ही सारा दिन समाप्त हो जाता। पिछले दिन जो विडियो अपलोड की थी उसे चेक करी। एक सौ अठारह व्यूज ही आए थे और बस तीन लाइक। किसी ने कोई कॉमेंट नहीं किया था। यह देख थोड़ी खुश हुई। कुछ तो अच्छा हुआ। एक सौ से एक मिलियन व्यूज जरूर होंगे। बस मेहनत करना। खुद को प्रोत्साहित करी और एक और वीडियो बना अपलोड कर दी। फिर काम में व्यस्त रही। काम में आज उसका दिल बिल्कुल ही नहीं लग रहा था। वजह कल 20 किलो मीटर पैदल चलने की वजह से हुआ थकान नहीं था बल्कि सपनों की ओर ले जाने वाले मार्ग के बारे जानकारी न होना था। इसी तरह के कई प्रश्न मस्तिष्क में घूम फिर उसे हार मान लेने को विवश करने लगें थे। जब इस सफ़र का पहला पड़ाव ही इतना कठिन है– मंजिल तक पहुंचना कितना कठिन होगा। वह मोबाइल पर इस संबंध में जानकारियां ढूंढने लगी। कोई वीडियो या आर्टिकल। सर्च में कई रिजल्ट सामने आएं। वह एक एक कर विडियो देखने लगी। जानकारियां इकट्ठा करने लगी।

आज के आधुनिक युग में स्मार्ट फोन और इंटरनेट मानव के लिए वास्तव में बहुत ही सहायक है। अगर सही से इसका उपयोग किया जाय तो यह वरदान ही है। दुनियां अब लोगों की मुट्ठी में बंद है। यह मोबाइल आराध्या के लिए भी वरदान बना।

कुछ जानकारियां भी मिली उसे। फिल्म सिटी जहां फिल्मों और सीरियल्स के सेट थें जहां पर शूटिंग किया जाता है। इसके अलावा अंधेरी वेस्ट वेस्ट में स्थित कुछ प्रोडक्शन हाउस के बारे में जानकारियां मिली उसे। यह जानकारी सपनों को साकार करने का एक उम्मीद दिखाने लगा। वह बेचैन थी लेकिन रात होना भी एक मजबूरी थी। रात जैसे समाप्त ही नहीं हो रहा था। कुछ प्रोडक्शन हाउस के एड्रेस उसने पन्नें पर नोट किया। इसमें उम्मीद थी। अब उसे काम मिल जायेगा। फिर वक्त जैसे कटता ही नहीं। हर एक सेकेंड इंतजार में घंटों सा गुजरने लगा।

कल की सुबह ऊर्जा और जुनून लेकर आई। वह तैयार हुई। फुर्ती ऐसी मानों वह मानव नहीं बल्कि एक मशीन हो। वह निकल पड़ी आज फिर

उस सफ़र पर। सकारात्मकता से परिपूर्ण। उन पथ पर आगे बढ़ी। एक के बाद एक पते पर गई। लेकिन किसी भी प्रोडक्शन हाउस के मुख्य दरवाजे के भीतर भी उसे जाने नहीं दिया गया। किसी ने उसे कुछ मेल आईडी दिए और बोले कि इन पर तुम्हें मेल करना है। जब बुलाया जाएगा तब आना। पहले तो लगा था कि यह दुनियां एक्सिस्ट ही नहीं करती। फिर कुछ प्रोडक्शन हाउस के पते इंटरनेट से निकाली। लेकिन अब तो हर दरवाजा बंद ही बंद था। किसी ने कहा कि यहां पर काम कॉन्टैक्ट से मिलते है। कोई जानकर या परिचित ही काम दिला सकता है। अन्यथा सड़कों पर भटकते ही रह जाओगे। अंधेरी वेस्ट और वर्सोवा की ओर जितने भी प्रोडक्शन हाउस के पते उसके पास थे वह सब में गई। शाम होने लगी थी। वर्सोवा में भी उसे अंदर जाने नहीं दिया गया। अब तो सिर्फ मायूसी ही मायूसी थी।

जब लौट रही थी। एक ओर सड़क था और एक ओर समुंद्र। समुंद्र ने उसे आकर्षित किया। इसके किनारे एक पत्थर पर बैठ वह कई मिनटों तक बस समुंद्र की लहरों में ही खोई रही। इस बार भी हालत ने उसे तोड़ने में कोई कसर नहीं छोड़ था। चल चल कर पैर दुखने लगे थे। मन करने लगा था कि त्याग दे इस सपने को। कोई लाभ तो होने वाला नहीं है। फिर एक आखिरी कोशिश और करने का ख्याल आया। एक और जंग लड़ने का ख्याल आया। वैसे भी अब खोने के लिए तो कुछ था ही नहीं और जीतने के लिए दुनिया थी। जंग जारी रहेगी। मोबाइल निकाली। प्रोडक्शन हाउस से मिले मेल पर अपनी प्रोफाइल सेंड कर दी। विवेक की यादें, समुंद्र की लहरें, ठंडी हवाएं और कुछ नहीं। आंखों से पानी वह समुंद्र में मिलने लगा था। फिर मां की तस्वीर को देखने लगी। सीने से तस्वीर को लगा आंखे बंद कर ली। मां का आंचल उड़ता हुआ दिखा। जिसे उसने आंसुओं को पोंछा। और वापस लौट आई।

अपने उस दस वाई दस के उस झुग्गी में जो उसका अपना नहीं था। कंक्रीट के करकट से बने इस झोपड़ी में आते आते उसके पैर निष्प्राण हो गए थे। वह बिल्कुल ही थक गई थी। फिर कुछ दिन तक कुछ भी खास नहीं हुआ। वही सब्जियां बेचने का काम जीवन यापन करने का साधन बना रहा। न विडियोज वायरल होते न कोई खुशी की खबर

मिलती। दिन में चार पांच बार मेल चेक किया करती कि किसी को उसका प्रोफाइल पसंद आया हो और उसने मेल किया हो। लेकिन मिलता तो सिर्फ नाकामी। मायूसी। उदासी। और कुछ नहीं।

एक दिन जब वह सब्जी बेच रही थी अचानक से जोरदार बारिश शुरु हो गई। वक्त हो ही चला था बाजार बंद होने का इसलिए जल्दी जल्दी वह सब्जियों को इकट्ठा करने लगी। वह इसी में व्यस्त थी कि एक गाड़ी ठीक उसके सामने आ खड़ी हुई। सफेद रंग की एक स्कार्पियो। बारिश में भींगती। आराध्या की नजर उसपर पड़ी। लेकिन उसने ध्यान नहीं दिया। सब्जियां बटोरती रही। गाड़ी का दरवाजा खुला। एक आदमी रेनकोट पहने बाहर निकला और आराध्या के सामने जा खड़ा हुआ। क्योंकि आराध्या सब्जियों को इकट्ठा करने में व्यस्त थी उसने ध्यान नहीं दिया। वह कुछ देर तक इस इंतजार में खड़ा रहा कि आराध्या उसे देखेगी।

"आराध्या..!" उसने आराध्या को पुकारा। आराध्या ने ऊपर देखा। काले रंग के रेनकोट में एक व्यस्क आदमी खड़ा था। आराध्या सीधी खड़ी हुई। उसे ध्यान से देखी। यह सोची कि कोई ग्राहक है जो सब्जी खरीदने आया है।

"भाजी चाहिए..? कौन सी..? जल्दी करो। समय नहीं है। बारिश भी तेज है और बाजार बंद होने का समय हो गया है।" उसने अपना मास्क हटाया। वह मुस्कुरा रहा था।

"तुम्हीं हो न आराध्या..? मैं भाजी लेने नहीं आया हूं। मुझे मेरी फिल्म की हिरोइन चाहिए।" जब निरंतर हार मिले और जीत की कोई उम्मीद न हो तो इस प्रकार के कथन उपहास से लगते हैं। आराध्या को ऐसा ही लगा। यह अजनबी। इसे तो नहीं जानती थी मेरे साथ उपहास क्यों कर रहा है?

"देखो, यह समय मजाक मस्ती का नहीं है। बारिश हो रही है। उपहास करना बंद करो और जो लेना है जल्दी बोलो।" वह यकीन कैसे करती इस घटना की वास्तविकता पर? किस्मत इतना अच्छा हो ही नहीं सकता था कि अवसर स्वयं उसके पास चल आए। वह हंसा। शायद आराध्या की मनोदशा अच्छे से समझता था।

"सुनों, मैं जानता हूं तुम्हें यकीन नहीं होगा। लेकिन तुम्हें मेरी अगली फिल्म की हिरोइन बनना है।" आराध्या को विजिटिंग कार्ड सौंपते हुए।

"कल ठीक 11 बजे ऑडिशन देने आ जाना इस पते पर।" आराध्या ने कार्ड लिया।

उसकी आंखे बिल्कुल ही खुली थी। आश्चर्य से। वह वापस गाड़ी में जा बैठा। गाड़ी खुली और कुछ ही सेकंड के बाद नज़र से ओझल हो गई। बारिश की बूंदें सबकुछ गीली कर रही थी। आराध्या के वस्त्रों को, उस विजिटिंग कार्ड को और सब्जियों को। और इस हकीकत को भी जिसे आराध्या सपना समझने का प्रयास कर रही थी।

फिल्म में काम अभी मिला नहीं था। यह बस एक अवसर था उस मंजिल तक पहुंचने का। ऑडिशन देना और फिर सिलेक्ट होना। उसे फिल्म में काम करने के लिए नहीं बल्कि ऑडिशन देने के लिए बुलाया गया था। लेकिन जुनून के सामने कोई भी परीक्षा कठिन नहीं।

अगले दिन वह 11 बजे से पहले ही उस पते पर पहुंच गई। यह जाना पहचाना था। वर्सोवा के इस प्रोडक्शन हाउस में वह पहले भी आई थी लेकिन भीतर जाने की अनुमति नहीं मिली थी उसे। आज उसे देखते दरवाजे खोल दिए गए थे। वह भीतर गई। उसे इंतजार करने को कहा गया। वह बैठी। भीतर के चकाचौंध से आंखों को रौशन करती रही। तभी वह आदमी आया जो कल उसके पास गया था। वह आराध्या के पास गया। आराध्या उसे देख खड़ी हो गई।

"अरे बैठी रहो।" उसने कहा। आराध्या वापस बैठ गई। वह भी बैठा। आराध्या के दिमाग में कई प्रश्न हलचल मचा रहें थे लेकिन वह इसे पूछने की हिम्मत नहीं जुटा पा रही थी।

"तो कैसी हो तुम?" उसने पूछा।

"ठीक हूं।"

"दरअसल मैं तुम्हें बहुत समय से ढूंढ रहा हूं। याद है तुमने एक वीडियो टिक टॉक पर अपलोड किया था। और जिसपर करीब 1.3 मिलियन लाइक आए थे। तब से मैं तुम्हें ढूंढ रहा था। लेकिन तुम तो जानती ही हो लॉकडाउन की वजह से कई दिनों तक सबकुछ बंद रहा। अब जब शूटिंग करने की अनुमति मिली है तो... और तुमने खुद ही

अपना प्रोफाइल मेल किया।"

आराध्या बिल्कुल आश्चर्य में थी। उस विडियो पर इतने लाइक्स आए थे और जानती तक नहीं थी। अगर यह सच है तो वह बेहोश होने वाली थी। उसके जीवन में कई दिनों के बाद शायद आज अच्छा दिन आया था। फिर उसे स्क्रिप्ट दिए गए। उसने स्क्रिप्ट पढ़ा और समझा। अब ऑडिशन देने की बारी थी।

कागज पर लिखे कुछ शब्दों में उसे अपना अभिनय घोलना था, भावनाओं को ऐसा पिरोना था कि यह देखने वाले के हृदय को प्रभावित करे।

परीक्षा के बाद परिणाम का इंतजार। आराध्या की बैचैनी। किस्मत क्या मोड़ लेने वाली थी। क्या एक बार फिर उसे हार का सामना करना पड़ेगा या वह इस अवसर को जीत सपनों की सफ़र पर आगे बढ़ेगी। इंतजार जल्दी ही खत्म हुआ। मोबाइल ने शोर किया। एक मेल के माध्यम से उसे ऑडिशन के परिणाम बताए गए थे। वह फिल्म में लीड रोल के लिए सिलेक्ट की गई थी। वह खुशी से झूम उठी। इस बार भी उसके आंखों से आंसू बहें लेकिन यह खुशी के आंसु थे।

2

एक टुकड़ा इश्क़

आपने कभी शराब का नशा किया है? अगर नहीं तो मैं इसका स्वाद चखने का सुझाव आपको बिल्कुल भी नहीं दूंगा। और क्या आपने कभी किसी से इश्क़ किया है? अगर नहीं तो मैं इश्क़ करने का भी सलाह आपको बिल्कुल नहीं दूंगा। क्योंकि ये दोनों ही चीजें जिंदगी को तबाह कर देती है। इश्क़ के किस्से और शराबियों की हरकतें अक्सर लोगों को बस हंसने के लिए ही होते हैं; और इश्क़ करने वाला और शराबी दोनों ही सड़कों पर ठोकरें खाते फिरते हैं। हां, एक या दो किस्से होते हैं जिनका क्लाइमैक्स बेहतरीन होता है लेकिन एक शराबी का किस्मत नशे में चूर होकर बस सड़कों पर ठोकर खाना ही लिखा है। कुछ इश्क़ में हारकर शराबी बन जाते हैं तो कुछ की प्रेम कहानी शराबखाने से ही शुरू होती है, पर, आपको किस प्रकार की कहानी पसंद है? खैर, रहने दीजिए। आपको आज मैं अपनी कहानी सुनाता हूं। मैं, एक शराबी और ये है मेरी प्रेम कहानी। लेकिन एक मिनट, मैं इस कहानी का नाम क्या रखूं? मेरी कहानी का एक अच्छा सा शीर्षक भी तो होना चाहिए। उम्म.. मैं तो नहीं सोच पा रहा हूं, शायद नशा चढ़ गई है लेकिन जबतक मैं आपको अपनी कहानी सुनाता हूं आप मेरे लिए मेरी इस कहानी का शीर्षक सोच कर रखिए। रखियेगा ना? तो ठीक है।

आधी रात में सारी सड़कें सुनसान हो गई है और सारा शहर नींद में सो गया है। मैं, एक शराबी, एक बोतल लिए अकेला पागलों की तरह सड़कों पर भटक रहा हूं। एक शराबी का दिनचर्या क्या होता है आप जानते हैं? - सुबह उठने के बाद मूड फ्रेश करने के लिए शराब बिना, फ्रेश होने के बाद शराब पीना, नहाने के बाद, खाना खाने के पहले और बाद में शराब पीना, दोपहर में, शाम में, और सोने के पहले रात में शराब पीना - बस इतना ही। लेकिन मेरा दिनचर्या ऐसा बिल्कुल ही नहीं है। और आज वह शुभ दिन है जब एक चमकीले आंखों वाली एक लड़की ने मेरे इस कांच जैसे नाजुक दिल को तोड़ दिया। सरे आम और बस्ती के सारे लोगों के सामने मुझे वह यह बोल कर चली गई कि मैं उसके लेवल का बिल्कुल भी नहीं हूं। घनघोर बेइज्जती के बाद मैं सबसे पहले शराब के ठेके पर गया और तीन - चार बोतल खरीदी और बिना रुके पीने लगा। आज ही वो दिन था जब मैंने एक साथ तीन से ज्यादा बोतल शराब पिया था।

जिंदगी से तंग और जब आपकी जेब भी खाली हो ना तो आपका साथ कोई भी नहीं देने वाला। लेकिन मैं तो बचपन से ही अकेला हूं। इंसानी बस्ती में रहने वाला एक ऐसा इंसान जिसे इंसान तो बिल्कुल भी समझा नहीं जाता। हम गरीब है और हर रोज रोटी के लिए हमें बहुत कठिन मेहनत करना पड़ता है। हम इसलिए कमाते है क्योंकि हमें जीना है और हम इसलिए जीते हैं क्योंकि हमें कमाना है। बचपन मेरी जिन परिस्थितियों में गुजरी है मैं उसे बिल्कुल भी याद नहीं करना चाहता। क्योंकि उनमें सिर्फ मेरी तन्हाई है। भूख के तड़प से पूरी रात जागने वाली मेरी आंखों की औकात नहीं थी सपना देखने की। लेकिन यह मेरी किस्मत थी कि मैं मरा नहीं और अब भी जीवित हूं। अब तो मेरे बाजुओं में उस वक़्त की तुलना में शक्ति थोड़ा ज्यादा है और भूख भी लेकिन सपना देखने की हिम्मत तो अब भी मेरी आंखों को नहीं होती। लेकिन ये जो इश्क़ की बीमारी है, मुझे इस तरह से बीमार कर गया है कि अब मेरा मरना तो बिल्कुल तय है।

मैंने दो घूंट और शराब पिया और लड़खड़ाते हुए चलकर उस खंभे के पास गया जिसमें किसी ने सूरज को बांध दिया था। मुझे पता नहीं था कि मैं लड़खड़ा रहा हूं और मेरे पैरों में अब उतनी शक्ति नहीं है कि कुछ और कदम चल सकूं। लेकिन मैं फिर भी चल रहा हूं। इतना मुझे पता है। लेकिन आज इस धरती को क्या हो गया है? झूले की तरह इतना झूल क्यों रहा है? कहीं भूकंप तो नहीं आ गया? हड़बड़ाते हुए मैं उस खंभे के नीचे बैठ गया। बैठते ही उसका वो हसीन चेहरा मेरी आंखों के सामने आ गया। ऐसा लगा कि अभी उसे अपनी बाहों में भर लूं और जब मैंने ऐसा करने के लिए अपनी दोनों हाथों को फैलाकर उसकी ओर बढ़ा तो मुंह के बल गिर पड़ा। मेरी बोतल भी फुट गई। यह बस एक भ्रम था या वो मेरे साथ खेल रही थी? शायद मैंने आज शराब कुछ ज्यादा ही पी लिया है। इसलिए जो किस्सा आपको सुनना चाहिए उसे सुनाने के बजाय फ़ालतू की बातें आपसे किए जा रहा हूं। आप बोर तो नहीं हो रहें है?

मैंने फूटा हुआ बोतल उठाया। आखिरी का बचा एक घूंट शराब पी कर उसे वापस फेंक दिया और अपना डायलॉग बोला।

"माना उसकी कहानी में मेरा किरदार बुरा था लेकिन मैं नहीं..! ओवर आल इट वाज नोट द एंड ऑफ माई स्टोरी जब वो मुझे छोड़ कर गई थी।" डायलॉग बोलते हुए मेरी नजर टूटी हुई बोतल के एक हिस्से पर पड़ी जिसमें शराब का एक घूंट सुरक्षित बचा हुआ था। अपना डायलॉग बोलते हुए मैं उसे उठाने के लिए झुका। "एक और लव स्टोरी... बिल्कुल भी नहीं।" और बोतल के उस टूटे हुए हिस्से को उठाने से पहले ही मैं बेहोश होकर गिर पड़ा।

दरअसल कहानी सुनाने वाला तो नशे ने धुत होकर बेहोश हो गया। इसलिए उसकी कहानी मैं सुनाता हूं आपको। मैं विक्की का दोस्त हूं। हां, विक्की, इस शराबी का नाम विक्की है। और पूरा नाम विक्की डोनर, पता नहीं क्यों लेकिन डोनर सरनेम उसे पसंद है। तो कहानी की शुरुआत कहां से करूं? शुरू से या आज से? आज ही तो वो लड़की विक्की का दिल तोड़ कर गई थी। एक काम करता हूं। आज ही से शुरू करता हूं, मजा आएगा। फिल्मों की तरह ही फीलिंग आएगी।

विक्की को पांचवी के पांच बार फेल होने का अफ़सोस आज हो रहा था। उसकी मां जब सुबह में नाश्ता बना रही थी और विक्की को पुकार - पुकार कर थक गई थी। लेकिन वह अब भी छत पर खर्राटें लेकर सो रहा था। आखिरकार तंग आकर उन्होंने उसे पुकारना ही छोड़ दिया। लेकिन जैसे ही उसके फोन ने बिप किया वह झट से उठ बैठा। मोबाइल अनलॉक किया और वॉट्सएप पर आए मैसेज को पढ़ने की कोशिश करने लगा। पांचवी में पांच बार फेल हुए विक्की डोनर के लिए अंग्रेजी तो दूर हिंदी भी ठीक से पढ़ना नहीं आता था और उस लड़की के सामने तो अपनी तारीफ़ों के पुल बांध दिया था। मेरा कहने का मतलब है कि उसने उसे इंप्रेस करने के लिए खुद को एक प्रोफेसर बताया था। और वो भी अंग्रेजी का। और वो कर रही थी डॉक्टर की पढ़ाई। भाईसाहब वो इतनी बड़ी - बड़ी इंग्लिश बोलती थी कि जिसे सुनकर विक्की जैसे पांच बंदे पांच बार बेहोश हो जाते।

एक होता था पहले वाला प्यार। चिट्ठियों वाला। लेकिन आजकल का प्यार है फेसबुक और वॉट्सएप वाला। विक्की ने बस्ती में सबसे पढ़ाकू लड़के से सेटिंग कर लिया था और जब कभी भी उसका मैसेज आता तो वह पढ़ाकू बंदा इसे उस मैसेज को पढ़कर और उसका हिंदी करके बताता और इसके बातों को ट्रांसलेट करके मैसेज का रिप्लाइ भी भेजता। लेकिन आज वह इंजीनियरिंग का एंट्रेंस एग्जाम देने चला गया था। और ऐसे में वो बार - बार इसे मैसेज पे मैसेज किए ही जा रही थी। वह क्या लिख रही है और उत्तर में उसे क्या लिखकर भेजना चाहिए, उसके समझ में कुछ भी नहीं आ रहा था। और अब उसे अफ़सोस हो रहा था कि बचपन में उसने पढ़ाई क्यों नहीं की।

एक मिनट, उसने आपने आपको अनाथ बताया होगा, है ना? पीने के बाद वह ऐसा ही बोलता है। लेकिन वह अनाथ नहीं है। उसके पिता जी खुद प्रथिमक विद्यालय के एक शिक्षक है और मां हाउसवाइफ हैं। दो बहनें, एक बड़ी और दूसरी छोटी और एक छोटा भाई भी है। और ये विक्की एकदम लोफर।

चौथी तक तो वह जैसे तैसे करके पढ़ा और टूटी फूटी हिंदी पढ़ना सीख लिया। लेकिन पांचवी में तो पढ़ाई उसने बिल्कुल भी नहीं करी।

गलत लड़कों के साथ दोस्ती और आवारापंती। उसने सिगरेट पीना शुरू कर दिया और शराब भी। दिन भर आबरा कुत्तों की तरह गली - गली भटकता रहता और अपने पिता के जेब से पैसे चुराकर शराब पीकर जहां - तहां पड़ा रहता। उसके मां और पिता ने बहुत कोशिश करी उसे पढ़ाने की लेकिन विक्की पढ़ा ही नहीं। लेकिन आफत तब आ गई जब उसे एक पढ़ी लिखी लड़की से पहली नजर में ही प्यार हो गया। उसका किस्सा बहुत ही मजेदार है। बहुत ही गुदगुनने वाला।

उस लड़की के मैसेज को न पढ़ पाने की वजह से उसे अपने आप पर गुस्सा आ रहा था। लेकिन वह अपनी बहनों के पास तो बिल्कुल भी नहीं जाना चाहता था। क्या इज्जत रह जाती उसकी। आजतक वह अपनी दोनों बहनों और छोटे भाई पर रौब जमाता आया था और पढ़े लिखे लोगों से खुद को बेहतर बताते आया था और ऐसे में एक साधारण सा मैसेज पढ़वाने के लिए वह उनके पास किस मुंह से जाता! लेकिन उसका फोन तो शांत होने का नाम ही नहीं ले रहा था। वो दनादन मैसेज किए जा रही थी और इन महाशय को मैसेज में लिखे टेक्स्ट समझना तो दूर पढ़ा भी नहीं जा रहा था। उसकी बेचैनी बढ़ने लगा। और अचानक से उसे यह ख्याल आया कि अगर उसे यह पता चल गया कि वह अनपढ़ है तब तो ब्रेकअप पक्का हैं। आपको पता है विक्की ने कितने पापड़ बेले थे उसे इंप्रेस करने के लिए। भाईसाहब, हिंदी फिल्मों में दिखाई जाने वाली लड़की पटाने का हर एक नुकसा अपनाने के बाद भी उसे नाकामयाबी ही मिलती। उसे इंप्रेस करना और अपने प्यार के जाल में फसाना उतना ही आसान था जितना रेत से रस्सी बनाना होता है। खर्चे भी बहुत किए उसने और जब वह इंप्रेस हो गई और विक्की के प्यार के प्रपोजल पर अपने प्रेम की मुहर लगा दी तब उसने फैसला किया कि अब वह शराब नहीं पिएगा। और अगर पिएगा भी तो अपनी कमाई के पैसे से, बापू के पैसे से नहीं।

मोबाइल फिर से बजा। सुबह से अबतक लगभग साठ मैसेज आ चुके थे और विक्की के तरफ से रिप्लाइ एक भी नहीं। बहुत सोच विचार करने के बाद विक्की ने आखिरकार फैसला किया कि छोटी वाली बहन के पास जाकर उससे मैसेज पढ़वाएगा और रिप्लाइ भी करवाएगा। पिछले कुछ

दिनों से विक्की भी अंग्रेजी सीखने की कोशिश में लग तो गया था और पांच दिनों में दो तीन वर्ड मीनिंग याद भी कर लिया था। और अंग्रेजी सीखने में वक़्त तो लगता ही है ना? एक दिन में कोई अंग्रेजी बोलना थोड़े ही सीख जाता है।

वह उठा और झट से मोबाइल भी उठाया। बहुत ही फुर्ती से नीचे उतरा और मां से छोटी के बारे में पूछा।

"छोटी कहां है मां?" उसने पूछा।

"क्यों रे.. आज क्यों ढूंढ रहा है तू उसे? उसके बारे में पूछेगा और फिर उसे बेवजह ही मरेगा। शराबी लोफर।" मां किचन से बोलीं।

उसकी मां जानती थी कि वह अपने भाई और बहनों से कभी भी प्रेम से बात नहीं करता है। उसका इस तरह से छोटी के बारे में पूछने का मतलब जरूर वह उसे बेवजह पिटेगा। क्योंकि यह पहली बार नहीं था कि इस तरह से वह छोटी के बारे में पूछ रहा था। लेकिन उसपर क्या मुसीबत आन पड़ी थी यह उसके अलावा कौन जानता था।

"नहीं मां, कुछ काम था उससे।" बोलते हुए सीढ़ियों से उतरकर वह किचन के दरवाजे पर खड़ा हो गया और अन्दर झांका यह सोचकर कि कहीं मां उसके डर से छोटी को छिपा तो नहीं रही है। लेकिन छोटी यहां पर नहीं थी।

"क्या चाहिए तुझे? तू बोलना। कब से गला फ़ाड़ कर चिल्ला रही थी मै तब तो तू कुछ नहीं बोला और अब अचानक से छोटी को क्यों खोजने लगा है? सुबह - सुबह फिर पी ली तूने?" मां पूछी।

"नहीं मां, जब देखो पीने की ही बात करती रहती हो। शराब पीना तो मैंने कब का ही छोड़ दिया है।" वह बोला।

"अच्छा.."

"और नहीं तो क्या।"

"चल रस्ता दे। हट।" मां ने शायद रसोई का काम निपटा लिया था इसलिए उसे गेट पर से साइड करते हुए आगे बढ़ी। "एक पल के लिए अगर तू ये कह दे कि अभी रात है.. वो मैं मानने को तैयार हूं। लेकिन तूने शराब छोड़ दिया.. बिल्कुल भी नहीं।" बोलते हुए वो हाल में बिछे सोफे पर बैठ गई। टेबल पर से रेमोट उठाई और टीवी चालू की।

"कसम से मां, मैंने दारू पीना छोड़ दिया है। विश्वास नहीं तो मैं तेरी कसम खाने के लिए भी तैयार हूं।" वह उनके पीछे गया और पास ही में खड़ा होकर उनकी कसम खाने के लिए हाथ उनकी सर की ओर बढ़ाते हुए बोला।

"रहने दे तू इतनी जल्दी मुझे नहीं मरना। मेरी झूठी कसम खाकर मुझे मारना चाहता है तू ताकि मेरे गहनों को बेचकर दारू पी सके। देख कह देती हूं। इतनी जल्दी मैं मरने वाली नहीं।"

"क्या मां? क्या - क्या सोचते रहती है तू? चल छोड़ ना ये सब और बता ना कि छोटी कहां है?" वह मां को मस्का लगाने लगा।

एक बात कहूं? बहुत प्यार करता है विक्की उस लड़की से। पागलों की तरह।और उसे वह किसी भी कीमत पर अपने से दूर जाने नहीं देना चाहता। अंगरक्षक की तरह उसके साथ रहकर पूरी जिंदगी बिताना चाहता है।

"बताया ना, वो यहां नहीं है।"

"तो फिर कहां गई है?" वह पूछा।

"तू तो दोपहर तक सोया ही रहता है। तुझे कैसे पता चलेगा की वो इस वक़्त कहां जाती है।" मां फिर से उसे ताना देने लगीं।

"मां, अब बस भी करो। जल्दी से बताओ ना कि वो कहां है? बहुत जरूरी काम है उससे।" वह बोला।

"घड़ी देख। दस बज रहे है। तू तो कभी स्कूल गया नहीं। वो गई है। तेरी तरह अंगूठा छाप और शराबी लोफर नहीं है वो। पढ़ाई करने गई है।" ताना देते हुए ही उसे उत्तर दी।

सचमुच में वह नहीं जानता था कि इस वक़्त में लोग स्कूल जाते है क्योंकि स्कूल छोड़े उसे करीब पंद्रह से अठारह साल हो गए थे। घर में सबसे बड़ा बेटा था। उसके बाद थी बड़ी वाली 'राधिका', और छोटी वाली 'अर्पिता' लेकिन घरवाले और मोहल्ले वाले उसे छोटी ही कहकर बुलाते थे और सबसे छोटे वाले भाई का नाम था राहुल। अभी नौवीं में था और छोटी बारहवीं में और सबसे बड़ी वाली ग्रेजुएशन के साथ-साथ एसएससी की तैयारी भी कर रही थी। तीनों अंग्रेजी मीडियम में पढ़ें थे। और क्योंकि तीनों में से कोई भी घर पर उपस्थित नहीं थे वह बिल्कुल ही

बेचैन हो उठा। उसकी पोल आज खुलने वाली थी। आज तो उसे गालियां पड़ने वाली थी और किस्मत अच्छी हुई तो चप्पल से मार खाने की भी संभावना थी।

एक तो वह अपनी प्रेमिका के मैसेज को पढ़ नहीं पा रहा था और दूसरा मां पढ़ाई को लेकर ताना देने लग गई थी। उसका पारा चढ़ गया और झल्लाते हुए मां से बोला।

"तुम्हारी वजह से ही आज मैं अनपढ़ रह गया हूं। तुमने ही मुझे पढ़ने नहीं दिया और आज मैं इस काबिल भी नहीं कि वॉट्सएप पर आए एक मैसेज भी पढ़ सकूं।" गुस्से में उसने मां पर झूठा आरोप जड़ दिया। लेकिन उसने कितनी बड़ी गलती कर दी थी इसका उसे जरा सा भी आभास नहीं था। वो कहते हैं ना कि विनाश काले विपरित बुद्धि। यही बात थी।

मां का खून खौल उठा। उन्होंने उसे पढ़ाने और स्कूल भेजने के लिए न जाने कितने ही प्रयास किए थे लेकिन विक्की ने तो नहीं पढ़ने की कसम खा लिया था।

"मेरी वजह से तू अनपढ़ है।" बोलते हुए तलमलाते हुए वह उठीं और किचन की ओर तेजी से बढ़ी।

"हां, हां, तुम्हारी वजह से। बचपन में कौन सा बच्चा पढ़ना चाहता है? लेकिन फिर भी मां- बाप उसे डांट कर और पिट कर पढ़ाते हैं कि नहीं। लेकिन तुमने.. मेरे अनपढ़ रहने का एक मात्र जिम्मेदार तुम हो।" विक्की समझ नहीं पा रहा था कि उसके द्वारा लगाए जा रहे झूठे आरोप उसके लिए कितना हानिकारक साबित होने वाला है।

गुस्से से तलमलाते हुए वह किचेन में गई और बेलन उठा ली। लेकिन अब भी विक्की चुप होने का नाम नहीं ले रहा था और बजाय इसके वह और झूठी आरोपों का ताना मां पर मारे ही जा रहा था। आज वह बेबस था और जिसका आरोप वह बस खुद पर नहीं लगाना चाहता था।

"सब मेरी गलती थी। मेरी वजह से आज तू शराब की नशे में धुत रहता है! अवारा कुत्तों की तरह नालों में पड़ा रहता है! मेरी वजह से ही तू एक मैसेज भी नहीं पढ़ सकता!" उनके गुस्से के स्तर को नापने के लिए कोई साधन नहीं था। बेलन लेकर वह बस विक्की की ओर भागी।

ममता की देवी मां के इस रूप को देखकर विक्की समझ गया कि जितने भी झूठे आरोप उसने अभी उनके खाते में डाले है; उससे कहीं ज्यादा ही उसकी पिटाई होने वाली है। यह इतनी गुस्से में है कि एक दो हड्डियां तो पक्का तोड़ देगी। फिर मेरा क्या होगा! बेलन की मार और मां की गुस्से की प्रहार से बचने के लिए वह भागा। घर के इस कमरे से उस कमरे तक। सोचा कि बूढ़ी औरत जल्दी ही थक कर बैठ जाएगी लेकिन यह तो जैसे चमत्कार था। वह बिना थके उसके पीछे भागते ही जा रही थी।

बेलन की मार से खुद को बचाने के लिए भागते हुए उसने घर की कई वस्तुओं को तोड़ डाला। कई समान इधर - उधर फेंक डाला। साफ सुथरा घर देखते ही देखते कचड़े का ढेर दिखने लगा। फिर भी वह अपने आपको पीटने से नहीं बचा पाया। हां, उसने मां के गुस्से में पेट्रोल जरूर डाल दिया ये सब करके। अब तो जबतक कि वह उसका एक दो हड्डी तोड़ न देगी उसे बिल्कुल भी चैन नहीं आयेगा। ममता की देवी ने यमराज का रूप जो ले लिया था। काली का रूप धारण किए इस मां के क्रोध से उसे कौन बचाए। उसने तो जानबूझ कर शेर के मुंह में हाथ डाला था अब विपत्ति आई तो गलती किसकी। घर से बाहर भागने में ही भलाई थी। सुबह से वह कम परेशान था जो एक समस्या और मोल ले लिया।

वह घर से बाहर भागा। लेकिन मां भी हार नहीं मानने वाली थी। बेलन लिए वह भी उसके पीछे दौड़ी। आज ही तो उन्हें अवसर मिला था उसे अच्छी तरह से दण्डित करने का। मां और बेटे के बीच दौड़ छिड़ गई थी। मोहल्ले के लोग इनके लड़ाई के प्रति आकर्षित हुए। कितनों ने तो आपस में शर्त तक लगाना शुरू कर दिया कि विक्की की हड्डी टूटेगी या नहीं। मोहल्ले में पहली बार कुछ मजेदार देखने को मिल रहा था। टीवी सीरियलों से भी मजेदार शायद; तभी तो घर की औरतें जो सास बहू वाली सीरियल देखने में मग्न थी इनकी बीच में हो रहे इस पकड़म पकड़ाई के खेल देखने के लिए घर से बाहर निकल आई।

भागते हुए विक्की का पैर किसी वस्तु से टकराया और वह गिर पड़ा। मां फुर्ती से उसके पास गई और पीटने लगीं। मोहल्ले वालों की भीड़ दर्शक बन कर उनके चारो ओर खड़ी हो गई। मां विक्की को पीट

ही रही थी कि एक लड़की लोगों की भीड़ को हटाते हुए बीच में **आई।** विक्की को पीटता देखकर पत्थर सी खड़ी हो गई। आज उनकी उम्मीदों का कत्ल होने वाला था। विक्की की सारी सच्चाई उसके सामने आने वाला था। उसे इस भीड़ में इस तरह से खड़ा देखकर लग रहा था जैसे कि दिन उसी के चमक से रौशन है। चेहरे पर गुस्सा लेकिन फिर भी मासूमियत। मासूम इतनी की एक ही दृष्टि में उसकी छवि दिल और दिमाग में उतर जाए। ऐसी लड़की के प्यार में पड़ना कोई आश्चर्य की बात नहीं है। आश्चर्य तो यह है कि वो भी इस शराबी के प्यार में पड़ गई।

विक्की की नजर उस लड़की पर पड़ी।

"काव्या..!" वह अपने आपसे फुसफुसाया। वह अचानक से यहां आ जाएगी इसका उसे अंदाजा भी नहीं था। उसने तो उसे ये भी झूठ कहा था कि वह इस गरीबों वाले मोहल्ले में नहीं बल्कि मंहगे फ्लैट में रहता है। कई नौकर बस उसके एक हुक्म के इंतजार में गर्दन झुकाए उसके सामने खड़े रहते है। ये प्रोफ़ेसर की नौकरी तो वो बस मनोरंजन करने और दिल बहलाने के लिए करता है। हक़ीक़त तो ये है कि वह खानदानी अमीर है। और उसके पास पैसों की कोई कमी नहीं है।

झूठ। झूठ बोलने में विक्की का मुकाबला कोई नहीं कर सकता। न जाने ये सारी बातें उसके जहन में कहां से चली आती है। झूठ बोलने के लिए शब्द तो जैसे उसके होंठ से लिपटे ही रहते हैं। परिस्थिति देखकर वह तुरंत एक झूठी कहानी बना लेता और लोग यकीन भी कर लेते। क्योंकि झूठ के साथ - साथ उसमे उसके बेहतरीन अदाकारी का भी तड़का होता है। अगर वह बॉलीवुड में होता तो सच कहता हूं बहुत कमाल का अदाकार होता।

काव्या को लगा कि विक्की का उस औरत के साथ झगड़ा हो गया है। वो यह नहीं जानती थी कि वो औरत विक्की की मां है। इससे पहले कि वह उसे छुड़ाने जाती विक्की ने मां को काव्या की ओर इशारा करते हुए कहा।

"बस मां! अभी छोड़ दे बाद में पीट लेना।" उसे डर था कि अचानक से कहीं काव्या उसके बारे में जान तो नहीं गई। वो यहां पर कैसे आ गई? जरूर उसका भांडा फुट गया है। इतनी बेइज्जती तो हो ही गई है। इस उम्र

में मां के बेलन से मार खाना, वो भी काव्या के सामने। लेकिन मां उसके इशारे को समझ नहीं पाई। समझती भी तो कैसे? उन्हें थोड़ी उसकी प्रेम कहानी मालूम थी। उसके बात को अनदेखा करते हुए वह फिर से उसे पीटने लगी।

बोलने लगी। "शराबी! लोफर! आवारा! आज मैं तेरी सारी हड्डियां तोड़ दूंगी। क्या बोला था कि मेरी वजह से तू अंगूठाछाप अनपढ़ है। क्या मैंने तुझे स्कूल नहीं भेजा? क्या मैं बोली थी तुझे शराब पीने को? काम धाम तो करता नहीं है। जब देखो तब किसी न किसी को बेवजह ही मारता रहता है।"

वह उन्हें चुप करने की पूरी कोशिश कर रहा था। लेकिन नाकाम रहा। खुल कर कह भी तो नहीं सकता था कि मेरी मां चुप हो जा नहीं तो मेरी प्रेम कहानी का चैप्टर यहीं खत्म हो जाएगा। और वैसे भी मां को उसकी प्रेम कहानी से क्या लेना देना! उन्होंने तो सबकुछ कह दिया। उसे जी भरकर पीट लिया। अब क्या था। वही हुआ जो होना था।

सुबह से लगातार मैसेज कर रही थी। बहुत जरूरी काम था उसे और काव्या को यकीन था कि विक्की जरूर हेल्प करेगा। वो तो उसपर इतना विश्वास कर बैठी थी कि विक्की चाहे कहीं भी हो उसके एक बार कहने पर वह दौड़ता हुआ उसके पास चला आएगा। लेकिन आज न सिर्फ उसका वो विश्वास ही टूटा बल्कि दिल भी। ये बात अलग है कि विक्की उसकी बात को समझ नहीं पाया था अन्यथा वह भागता हुआ जरूर उसके पास चला जाता। उसकी प्रेम कहानी का यह अध्याय यही समाप्त हो गया। पूरा होता भी कैसे? झूठ के सहारे पर किसी का विश्वास तो नहीं जीता जा सकता। और प्रेम का महत्वपूर्ण स्तंभ विश्वास ही तो है जो सच की शक्ति से मजबूत खड़ा रहता है। झूठ का स्वाद भले ही जिंदगी के कुछ पल को स्वादिष्ट बना दे लेकिन फिर शेष जिंदगी में केवल कड़वाहट ही कड़वाहट घोल देता है। झूठ भले ही उम्मीद दिलाती है लेकिन यह जल्दी ही टूट जाती है।

फिर वही ड्रामा हुआ उसका। काव्या ने उसे बहुत सुनाया। विक्की की कोशिश बस इतनी सी थी कि किसी भी तरह से वह उसे मना ले। कैसे भी करके उसका गुस्सा शांत करे। लेकिन काव्या ने उसकी एक न सुनी।

विक्की बोला कि ये बात बिल्कुल सच है कि मैं एक शराबी हूं। आवारागर्दी करना मेरा काम था। लेकिन जब से मैं तुमसे मिला हूं सुधरने की कोशिश कर रहा हूं। तुम्हारे लिए मैं इंग्लिश सीख रहा हूं। तुम नहीं जानती कि एक गरीब परिवार में जन्म लेने वाले के लिए दो वक़्त की रोटी खा पाना भी कितना मुश्किल होता है। पढ़ाई करना तो बहुत दूर की बात है।

वह फिर से झूठ का जाल बुनने की कोशिश करने लगा।

"मैं भाइयों में सबसे बड़ा हूं। छोटे भाई और बहन अच्छी तरह से पढ़ सकें इसलिए मैंने पढ़ाई छोड़कर पैसे कमाना शुरू कर दिया। दर्द और थकान से जब पूरा जिस्म टूटता था तब मैंने शराब का सहारा लिया। काव्या! मेरी बात का यकीन करो। मैंने तुमसे झूठ बोला था इसका मतलब ये नहीं कि मेरा प्यार भी झूठा है। मै तुमसे बहुत प्यार करता हूं काव्या।"

जब काव्या उसके बात को सुन रही थी तब उसे लगा कि वह उसके द्वारा बुने गए झूठ के जाल में फस रही है। वह उसके और पास गया। वह इमोशनल होने लगी थी। इससे पहले कि विक्की उसका फायदा उठाकर और झूठ बोलता मां ने फिर से काम बिगाड़ दिया।

"क्यों रे शराबी.. तू काम करता है! अपने छोटे भाइयों और बहनों को पढाता है!" वह काव्या के पास गई। उससे बोलीं। "तुम नहीं जानती हो बेटी कि ये कितना बड़ा लोफर है। जब देखो बस झूठ ही बोलता रहता है। अभी भी झूठ बोल रहा है।" बोलते हुए उन्होंने विक्की के पीठ पर एक बेलन दे मारा। और फिर काव्या के सामने कह दी उसकी सारी कहानी। उसके बचपन से आजतक की कहानी, बस एक ही सांस में, महज कुछ ही वाक्य मेंकह डाले।

"एक पल के लिए तो मैं तुम पर विश्वास कर लेती कि तुम्हारा प्यार सच्चा है। लेकिन तुम अभी भी मुझसे झूठ बोल रहे हो। अब तुम कभी भी मुझे अपनी शक्ल मत दिखाना। कभी मेरे सामने मत आना। क्योंकि तुम मेरे तो क्या किसी के भी प्यार के काबिल नहीं हो।"

जब इंसान का विश्वास टूटता है, एक बार नहीं बार-बार टूटता है और इसे तोड़ने वाला कोई और नहीं बल्कि वही होता है जिसपर सबसे ज्यादा

विश्वास होता है। तब न सिर्फ उसका दिल टूटता है बल्कि उम्मीद के साथ-साथ वह भी टूट जाता है। काव्या भी विक्की से प्यार करने लगी थी। कुछ समय पहले तक तो विक्की ही जैसे उसका जीवन था। उसका वो अंदाज और उसकी वो झूठी कहानी जिसे हक़ीक़त समझकर उसपर उसने विश्वास के बंधन से उम्मीद और सपनों की डोर बांध ली थी। सबकुछ उसके लिए जैसे बिल्कुल ही अलग हो गया था। अचानक से एक सच्चाई विक्की के सारे झूठ को मिटाते हुए उसके उन सपनों के स्वाद में कड़वाहट घोल गया। इतना होने के बाद भी विक्की झूठ ही बोलकर उसे मनाने का प्रयास कर रहा था। एक बार अगर वह सच कह देता तो संभवतः वह उसे माफ कर देती। लेकिन विक्की माफी के काबिल ही नहीं था। वह चली गई।

शराब का नशा एक वक़्त के बाद उतरता अवश्य है; इसका मतलब ये नहीं कि शराब पीने के पूर्व वाली समस्या का समाधान निकल आया हो। तेज हॉर्न का शोर और लोगों की चीखें विक्की को जागने के लिए विवश कर रहा था लेकिन वह कुछ देर और सोना चाहता था। इस बात को वह शायद पूरी तरह से भूल गया था कि काव्या नाराज होकर चली गई है। बल्कि वो तो अब भी इसी भ्रम में था कि उसकी और काव्या की प्रेम कहानी कितनी आनंदायक है। कल्पनाओं का सागर और स्वप्न का वो खूबसूरत दुनियां जिसमें सिर्फ वो और उसकी प्रेमिका काव्या थी। जहां पर सिर्फ और सिर्फ प्रेम था। काव्या की गोद में लेटा वह उसकी आंखों में निरंतर डूबता ही जा रहा था जैसे कि उसमें शराब से भी ज्यादा नशा हो। काव्या के लंबे बालों का हल्का स्पर्श उसे एक अलग ही सुख की अनुभूति करा रहा था। लेकिन वास्तविकता तो यह था कि वह सड़क के बीच में न जाने कब से पड़ा था। लोगों ने उसे जगाने का हर संभव प्रयास कर लिया था लेकिन विक्की कहां जागने वाला था।

कुछ लोगों ने जब उसके ऊपर पानी डाला और फिर उसे होश आया तो उसके होंठों पर बस एक ही नाम था। काव्या का। अचानक से वह कहां आ गया। उसके चेहरे पर ऐसी तड़प उमड़ **आई** जैसे कि किसी ने आहिस्ता आहिस्ता करके उसके शरीर से सारा खून बाहर निकाल लिया हो। काव्या! काव्या! चीखते हुए उसने अपनी आंखें खोली तो पाया कि

वह सड़क के किनारे एक खंभे के नीचे अपने टूटे हुए दिल और शराब के बोतल के साथ सोया है। लोग उसे उठाने का प्रयास तो कर रहे हैं। चूर हुए कांच को समेटना तो आसान होता है लेकिन टूटे हुए दिल के टुकड़ों को, बिल्कुल भी नहीं। क्यों अचानक से सबकुछ बदल जाता है? ये नई बात नहीं थी कि वह इस तरह से शराब पीकर सड़क के चौराहे पर पूरी रात पड़ा था। लेकिन आज न जाने क्यों वह अपने इस हरकत पर शर्मिंदगी महसूस कर रहा था। क्या विक्की बदल गया था या ये दुनियां। जो इतने शोर होने के बावजूद भी उसे अकेला होने का एहसास करा रहा था!

एक व्यक्ति ने उसे सहारा देना चाहा ताकि वह खड़ा हो सके। उसके प्रस्ताव को अस्वीकार करते हुए विक्की स्वयं उठा। और उस दिशा में चल पड़ा जिधर उसकी मंजिल नहीं थी। बस रास्ता था और सफर था। उसे कुछ ऐसा करना था कि काव्या फिर से उसे पसंद करने लगे। उसे माफ कर दे। ऐसा तो संभव बिल्कुल भी नहीं लेकिन कोशिश करने में क्या हर्ज है!

सूरज की तेज रौशनी और उसकी धीमी रफ़्तार। एक शराबी आज शराबखाने के बजाय कहीं और निकल पड़ा।

कुछ घंटों के बाद। काव्या कॉलेज में थी। विक्की के छल ने उसे पूरी तरह से झंझोर कर रख दिया था। विश्वास का बंधन भले ही आसानी से बंध और टूट जाता है लेकिन इसके बीच का और बाद का मंजर इंसान की जिंदगी को कई आयाम दे देता है। कुछ उसी विश्वास के बंधन के साथ टूट जाते है। टीचर के लेक्चर उसका ध्यान अपनी ओर आकर्षित करने में असमर्थ थे। विक्की की मीठी बातें उसके जहन में बस घूमते ही जा रहे थे। इस वक़्त अगर विक्की सामने आकर उससे माफी मांग लेता तो शायद वह पिघल जाती। उसे माफ कर देती। लेकिन फिर मन में ही सोची कि झूठ के सहारे चलने वाले इंसान को वो भला कैसे माफ कर सकती है! उसे झूठ बोलने की क्या आवश्यकता थी? अगर उसे प्यार था तो सीधे आकर दिल की बात बताता। हां, लड़की होने की फायदे उठती वो। उसे कुछ दिन आगे पीछे घुमाती। थोड़े नखरे और अकड़ दिखाती। उसे और उसके प्यार को अंपने उम्मीदों के तराजू पर तौलती और फिर आखिरकार उसके प्यार के प्रस्ताव को स्वीकृति दे देती। हालाकि ये सब

तो उसने किया ही था लेकिन उसमें विक्की का किरदार झूठा था। वह छल था जिसने उसकी सारी उम्मीदें तोड़ डाली। अचानक से उसका दिल भारी होने लगा। दिल फुट फुट कर रोने को करने लगा। आंखे आंसुओ की नदी बहाने को बेचैन होने लगी। इस परिस्थिति में अपने भावनाओं पर नियंत्रण पाना बिल्कुल ही कठिन हो जाता है लेकिन क्या करती वो, क्लासरूम में प्रोफेसर और उनका लेक्चर, बहुत सारे स्टूडेंट्स और उनके विचार, उसे स्वयं को नियंत्रित करने के लिए मजबुर तो कर रहे थे।

वह उठी और क्लास से बाहर भागी। प्रोफ़ेसर ने उसे रोकना और वजह पूछना चाहा लेकिन वो नहीं रुकी। कॉलेज के एकांत हिस्से में छिपकर आंसुओं का सैलाव बहाने लगी।

उसी दौरान विक्की कॉलेज में प्रवेश करने का हर संभव प्रयास कर रहा था। इतना सबकुछ हो जाने के बावजूद भी उसके हाथ में एक शराब का बोतल लटका हुआ था और जुबां पर इसका स्वाद, दिल में दर्द और काव्या से माफी मांगने की जुनून। एक उम्मीद कि वह उसे मना लेना। मुख्य दरवाजे से एंट्री नहीं मिलने पर वह कॉलेज के पीछे की दीवार कूद अंदर प्रवेश किया। काव्य को ढूंढती उसकी आंखें बेचैन दिख रही थी और होंठ उसे मनाने के लिए एक नया झूठ बुन रहा था।

वह इधर उधर भटक ही रहा था कि उसकी नजर आम के पेड़ के नीचे सोफे जैसे बनी शिलापट्ट पर बैठी काव्या पर पड़ी। वह रोए जा रही थी। आंसू बहने से पहले ही पोंछ दिए जा रहे थे। रोने की आबाज़ गले के भीतर ही कैद करने की कोशिश की जा रही थी, लेकिन कुछ छिटकते रूदन सिसकियों का रूप ले बाहर आ रहे थे। यह विक्की के कानों तक का भी सफर कर रहा था।

उसकी कहानी में उसका वो झूठा साबित होना। उसका दिल टूटना और काव्या का रूठना। वह उसे इस परिस्थिति में देखना कभी नहीं चाहता था। हमेशा मुस्कान से सजा रहने वाले चेहरे में तड़प, आंसू, सबकुछ था, वजह सिर्फ और सिर्फ झूठ था। ऐसे में विक्की का हौसला टूट चूर हो गया। कॉलेज के परांगन में उसे रोता देख वह रेत बनने लगा। काव्या को हमेशा के लिए खो देने का भय तूफान बन उस रेत को उड़ाने लगा।

कुछ देर तक लगातार टकटकी लगा काव्या को देखते रहने के बाद अंततः उसने फिर हृदय में हिम्मत की मशाल जलाई, काव्या से माफी मांगना आसान तो नहीं था, फिर भी अब इसके अलावा कोई रास्ता था क्या? कैसे सांसे ले पाता बिना धड़कन के, बिना काव्या के जो दिल बन उसके सीने में धड़कती, रक्त बन नसों में दौड़ती और नशा बन ज़हन में।

खुद को लाख दिलासे देने का बाबजूद भी काव्या संभल नहीं पा रही थी। उसका सारा उम्मीद कमजोर शीशे की तरह विक्की के झूठे किरदार के प्रहार से टूट चुका था। अचानक से विक्की का स्वर उसके कानों में गूंजा। भ्रम..! विक्की का काल्पनिक किरदार उसके गहरे जख्म कुरेदने आया है, अगर वह इस प्रतिबिंब से नजरें मिलाएगी तो एक बार फिर टूट जायेगी। रूदन का तूफान जो गले के नीचे ज्वालामुखी की तरह उबाल मार रहा है, विक्की के इस काल्पनिक चित्र के गायब होते ही अनियंत्रित हो जायेगा। नहीं, वो विक्की के इस काल्पनिक प्रतिबिंब को नहीं देखेगी। उसने अपने आप को कहा। लेकिन उसके सामने माफी मांगने आया विक्की का काल्पनिक प्रतिबिंब नहीं बल्कि सजीव सचित्र था, जिसके आंखों में आंसू सिर्फ इसलिए था कि उसने काव्या को रुलाया।

ऐसी परिस्थिति को झेल पाने के लिए और निर्भय हो काव्या से माफी मांग लेने के लिए ही जरूरी था हिम्मत के जलते मशाल में ईंधन की। उसने दो घूंट शराब पिया और बोतल जोरदार झटके के साथ जमीन पर पटक दिया।

आधी शराब भरी बोतल के टूटने की ध्वनि काव्या को भयभीत कर गई। वह उठ खड़ी हुई और जब आसपास के चीजों की छवि स्पष्ट हुई तो विक्की नशे में धुत सामने खड़ा दिखा। भय ने अगले ही छन क्रोध का रूप ले लिया। विक्की घुटनों के बल गिर पड़ा। इसे पहले कि वह काव्या से माफी मांगता, एक दो शब्द कहता, नशे ने उसे कमजोर कर दिया। वह मुंह के बल गिर पड़ा। काव्या..! काव्या..! बड़बड़ाने लगा। उसे होश न रहा अपनी हरकतों का। उसकी हरकतों ने काव्या के नफरत में बढ़ोतरी कर दी।

विक्की अभी पूरी तरह से बेहोश नहीं हुआ था। सिसकियों को रूदन में तब्दील होते देख तो नहीं पर सुन सकता था। काव्या मत रो। वह

कहना चाहता था। दो कदम उसकी ओर बढ़, उसके कदमों ने नीचे अपना सिर रख माफी भी मांगना चाहता था लेकिन ये शराब और इसका नशा। यही तो उसकी पहली मोहब्बत थी, यह उसे किसी और का होने कैसे देता!

"आई हेट यू विक्की..! मुझे लगा कि तुम मुझसे माफ़ी मांगने आए हो। लेकिन तुम्हे मुझसे ज्यादा इस शराब से प्यार है।" काव्या ने टूटे बोतल का एक टुकड़ा उठाते हुए कहा। "मैं तो तुम्हें माफ़ कर एक और मौका देने वाली थी विक्की लेकिन तुम इसके काबिल नहीं।"

लाख कोशिश करने के बाबजूद काव्या की धुधली छवि स्पष्ट नहीं हो रहा था। नशा अपने चरम पर था। शराबी को आनंद में होना चाहिए था। अभी कुछ देर पहले उसने बोतल तोड़ा और उसके तुरंत बाद काव्या का टूटा हुआ दिल दूसरी बार तोड़ा।

"तुम शराबी। तुम्हें इश्क शराब से है। झूठी तुम्हारी कहानी, तुम झूठे, तुम्हारा किरदार झूठा तो कैसे मान लूं कि तुम्हारा ये प्यार सच्चा था?" वह अपने आप पर हंसी। शायद इस समय उसे बोध हुआ कि वह दुनियां की सबसे बड़ी मूर्ख है, जो एक अनपढ़, आवारा, शराबी और झूठे इंसान से छली गई। "गलती तुम्हारी नहीं थीं विक्की। गलती मेरी थी। मैंने ही छलावे का यकीन किया। नींद में आए सपनों से प्यार किया इसकी परवाह किए बगैर कि जब मैं जगूंगी तो क्या होगा। डर..! जागने का था मुझे। शुक्रिया तुम्हारा जो तुमने मुझे नींद से जगाया विक्की। और अब क्योंकि तुम मेरी उस नींद का बस एक सपना हो, हकीकत नहीं। तुम मेरी जिंदगी में कभी वापस मत आना।"

"काव्या..!" विक्की फिर बड़बड़ाता रहा।

"मैं अब तुम्हें कभी माफ नहीं करूंगी विक्की। कभी नहीं।" बोलते हुए वह कॉलेज के बाहर भागी। उसके आंखों में आंसुओं का समंदर था। जैसे जैसे वह विक्की से दूर भागती उसकी रफ्तार और तेज होते जाती। विक्की ने हिम्मत किया। वह उठ खड़ा हुआ। काव्या के पीछे भागा। लेकिन दो कदम बाद ही मुंह के बल गिर पड़ा। पत्थर से टक्कर खा उसके होंठ फट गया। खून बहने लगा। लेकिन इसका उसे आभास न था। वह कैसे भी कर काव्या को रोक लेना चाहता था। उसने फिर हिम्मत किया। दस कदम दौड़ने में कामयाब रहा इस बार लेकिन सामने खड़ा वो विशाल

तना वाला वृक्ष दिखाई नहीं पड़ा उसे। वह उससे जा टकराया। एक बार फिर जमीन पर गिर पड़ा।

इस जोरदार टक्कर से उसका सिर फट गया था। रक्तस्राव होता ही जा रहा था। काव्या बितते घड़ी के साथ उसके जिंदगी से दूर जाती रही। न वह बितते वक्त को रोक पाया न काव्या को। इतना घायल होने के बाद अब आंखें खोल पाने की भी ताकत शेष नही रहा उसके भीतर।

कॉलेज के बाहर काव्या का ड्राइवर गाड़ी लिए तैयार खड़ा था। विक्की को पीछे छोड़ भागते हुए ही उसने ड्राइवर को फोन कर गाड़ी ले तैयार रहने का आदेश दिया था। कॉलेज के बाहर निकलते ही वह अपने कार में बैठ गई। पीछे मुड़ विक्की को एक नजर भी नहीं देखी। शायद यह उसे रोक लेता। शायद विक्की को नशे में बेहोश पड़ा देख वो कमजोर पड़ जाती। शायद फिर वो अपने लिए निर्णय पर कायम न रह पाती। शायद इश्क का कांटा फिर उसे छलनी कर जाता। शायद यह आंसुओं का तूफान ले आता। शायद..! शायद..! बहुत सारी वजह थे, कितने गिनती और कितने गिनाती खुद को।

बेहतर था पत्थर हो जाना। बेहतर था पीछे न मुड़ना। बेहतर था एक नए सफर पर चलना। बेहतर था इश्क के इस बेरहम कांटे को दिल से निकाल फैंकना। बेहतर था आंसुओं को पोंछ लेना। उस झूठे किरदार और उसके झूठ को हमेशा के लिए भूल जाना। बेहतर था बिना रुके अब बिना पीछे मुड़े बढ़ते जाना। एक ऐसे सफर पर जहां ये झूठा किरदार उसके पीछे न आए। नींद से जागने से पहले आया ये प्यारा सपना याद बन जहां रुलाने ना आए। जहां न विक्की हो न उसका झूठ।

ड्राइवर ने गाड़ी की रफ्तार तेज कर दिया। काव्या ने एक फोन लगाया। हेलो..! एक औरत की आवाज आती रही। उत्तर में काव्या बस रोती रही। अंततः वो बोली। "मैं आ रही हूं मां..!" और फोन काट दी।

घायल बेहोश पड़े विक्की को एहसास न था कि काव्या उससे कितनी दूर जा रही है। इतनी दूर कि लाख कोशिश के बाबजूद भी वह उसके पास न जाय। उसकी जिस प्रेम कहानी की शुरूआत शराब से हुई इसी शराब ने आज इसका अंत लिख दिया था। काव्या बहुत दूर चली गई थी। विक्की अब भी बेहोश पड़ा था। फटे सिर से खून बहता रहा। उसकी

अच्छी किस्मत कि कॉलेज क्लास खत्म हुआ। विधार्थी बाहर निकलें। कॉलेज कैंपस में घायल बेहोश पड़े अजनबी के लिए फिर एंबुलेंस बुलाया गया। विक्की को अस्पताल ले जाया गया। ज्यादा रक्तस्राव होने की वजह से उसकी हालत काफी बिगड़ गई थी। लेकिन काव्या को इस बात का तनिक भी आभास न था। होता भी कैसे और क्यों?

क्या आप विक्की जैसे शख्स की परवाह करते? उसके चरित्र में घुले झूठ बोलने के स्वभाव से परिचित होने के बाबजूद क्या आप उसकी परवाह करते? जिसे आपसे ज्यादा शराब से मोहब्बत हो क्या आप उसे एक नजर पीछे मुड़ देखते। ऐसा नहीं था कि काव्या खुश थी।

ये प्यार शब्द बेवजह नहीं प्रख्यात है। विक्की के बिगड़ते स्वस्थ का आभास कराने ये प्यार पहुंचा था उसके पास। तब भी वही उसकी गीली आंखें, बिखरे जज्बात और चकनाचूर दिल से भेंट हुआ इश्क को। अचानक से जब काव्या को यह अनुभूति हुआ कि नशे की हालत में वो उसे ऐसे ही छोड़ आई। उसका स्वस्थ तो ठीक है ना? वह मुंह के बल जर्मीं पर गिर पड़ा था। उसे चोट तो नहीं आई थी ना? इतने वक्त बाद भी क्या वो वहीं नशे में धुत बेहोश पड़ा है? अचानक गिर जाने से कहीं वो घायल तो नहीं हो गया। कहीं उसका सिर तो नहीं फूट गया। अगर ऐसा हुआ होगा तब तो बहुत रक्तस्राव हुआ होगा। उसकी हालत काफी बिगड़ गई होगी। नहीं..! ये मैं क्या सोच रही हूं? क्यों सोच रही हूं? मुझे अब पत्थर दिल होना है। जिसने मेरे जज़्बात के साथ खिलवाड़ किया मै उसकी फिक्र क्यों करूं? भले ही वो घायल हो गया हो, चाहे क्यों न उसका सिर ही फूट गया हो, वह कॉलेज में था। वहां सैकड़ों लोग थे। किसी न किसी की नजर तो उसपर पड़ी ही होगी। उसे अस्पताल जरूर ले जाया गया होगा। मेरा दिल कहता है कि वह ठीक ही होगा। वैसे दिल दुखाने वाले को तकलीफ थोड़ी होती है। तकलीफ तो उसे होता है जिसका दिल दुखाया जाता है। जिसका दिल तोड़ा जाता है। उसे मेरी परवाह नहीं थी। वह मुझसे माफ़ी मांगने नशे में आया था। एक झूठी कहानी कह मुझे छलने ही आया था। तो मैं उस छलावे की फिक्र क्यों करूं?

अगले भी पल उसे ख्याल आया कि क्या यह इंसानियत होगी? लेकिन उसने फिर खुद को समझाया कि इस इंसानियत के चक्कर में

वह फिर टूटेगी। तोड़ने वाला कोई और नहीं वही एक इंसान होगा जिसकी फिक्र न जाने क्यों वो किए ही जा रही है।

ख्याल उमड़ते ही जा रहे थे। उसके अपने ही भीतर घमासान युद्ध निरंतर था। कभी भावुक होती तो कभी विक्की के लिए चिंतित। कभी गुस्सा होती तो कभी उसे एक और अवसर देने की सोचती। फिर एक और बार छले जाने का डर। हमेशा झूठ बोलने वाले से सच बोलने की उम्मीद। इस उम्मीद को न टूटने की क्या गारंटी थी।

तभी एक एयर होस्टेज ने उसे उसके इन ख्यालों के सैलाव से खींच निकाला।

"मैम आप गलत सीट पर बैठ गई हैं।"

काव्या ने फिर सीट चेक किया। वह गलत सीट पर बैठी थी।

"ओह सॉरी..!" काव्या उठते हुए बोली। "वैसे मेरी सीट कहां है?"

उसे उसका सीट दिखाया गया। वह अपने सीट पर बैठी। अभी फ्लाइट टेक ऑफ नहीं हुआ था। वक्त था लौटने का। क्या लौट जाना सही होगा? उसने अपने आप से आखिरी प्रश्न किया। अगले ही छन उसने फैसला कर लिया। विक्की और उसके झूठ की चाशनी से लिपटे मोहब्बत को इसी शहर, इसी देश छोड़ वो उड़ गई। वो उड़ गई नई ख्वाब ले। नई जिंदगी जीने। इस इश्क के शहर से दूर। बहुत दूर। बहुत दूर।

।

हरेन्द्र कुमार की अन्य प्रकाशित पुस्तकें

प्रेम कथा : मोहब्बत और इंतकाम कि कहानी
शिकारी : मोहब्बत और इंतकाम के बिच एक जंग (भाग एक)
You won't leave me (Hindi Edition)
I'm Not Psycho : A thrilling story of love (Hindi Edition)
स्वाँग

www.ingramcontent.com/pod-product-compliance
Lightning Source LLC
Chambersburg PA
CBHW022115150726
47990CB00003B/1364